渡过众生 渡不过你

晓财主 著

当代世界出版社

图书在版编目（CIP）数据

渡过众生，渡不过你 / 晓财主著. —北京：当代世界出版社，2016.6

ISBN 978-7-5090-1097-6

Ⅰ.①渡… Ⅱ.①晓… Ⅲ.①长篇小说—中国—当代 Ⅳ.①I247.5

中国版本图书馆CIP数据核字（2016）第081409号

书　　名：	渡过众生，渡不过你	
出版发行：	当代世界出版社	
地　　址：	北京市复兴路4号（100860）	
网　　址：	http://www.worldpress.org.cn	
编务电话：	（010）83908456	
发行电话：	（010）83908409	
	（010）83908455	
	（010）83908377	
	（010）83908423（邮购）	
	（010）83908410（传真）	
经　　销：	全国新华书店	
印　　刷：	北京墨阁印刷有限公司	
开　　本：	880毫米×1230毫米　1/32	
印　　张：	6.25	
字　　数：	108千字	
版　　次：	2016年6月第1版	
印　　次：	2016年6月第1次	
书　　号：	ISBN 978-7-5090-1097-6	
定　　价：	32.00元	

如发现印装质量问题，请与承印厂联系调换。
版权所有，翻印必究；未经许可，不得转载！

3	▶	ONE
66	▶	TWO
120	▶	THREE
188	▶	END

佛告罗陀，于色染着缠绵，名曰众生；于受、想、行、识染着缠绵，名曰众生。

ONE

刚过完三十岁生日的第二天，方小山就明白了一个道理："赖床是对假期最起码的尊重。"

因为此刻他正一个人躺在床上，而时钟显示十四点二十七分。

不过，很快，他又明白了另一个道理："女人是善变的，女人唯一不变的就是善变。"

因为床头的手机响了，从铃声判断，是肖婷打来的，这姑奶奶擅自把他手机里她拨入电话的铃声改为了"三大纪律八项注意"，伴随着"革命军人处处要牢记，三大纪律八项注意……"的洪亮歌声，方小山被惊醒，一时迷糊，以为自己成了兵哥哥呢。

"喂，老婆，你什么指示？"在与肖婷"斗争"的这些年里，方小山早已练就了迅速从迷糊到清醒状态的华丽转变。

"在干吗呢？"肖婷问道。

"当然在想你啦。"边说边微笑，这是此种问题的标准回答方式，请记住，没有之一。

当然，此刻女孩子一般会说"别贫"或者"就知道满口胡说"等，但请相信，用革命信念向毛主席保证，她们心里一定像烧烤架上的羊肉串，热烘烘的。

而且说的时候一定要面带微笑，不要以为在电话里，对方看不见你的表情就可以随口敷衍，戏份一定要做足，要知道，你的微笑，听筒那边的人虽然看不见，却是能感受到的。

"就知道贫。"肖婷笑了一下，道："你来接我一下吧，我要去静安寺。"

"不是之前说四点来接你吗？"对于把时间提早了整整一小时零三十三分钟，方小山显然有些不满，不过他随即深刻地知道，在这场没有硝烟的战争中，无所谓输赢，因为输的永远是自己。

"怎么啦？我改一下时间不行啊？"肖婷听上去有些不高兴了，然后继续说道："你说你好好的国家公务员不做，辞职下海，还整天窝在家里，让你来接我一下还不乐意了？！"

虽然方小山一直觉得，一个男人的自尊应该放在比生命更重要的位置上，但此刻，对于准老婆说出的无比正确、客观的事实，却实在无力辩驳。

这是他辞去公职的第三天。

本科毕业以后，方小山顺利地通过了国家公务员考试，随后通过面试等层层选拔，进入国家机关。那一年的六月，天气炎热，方小山从这个在上海向来以女生数量众多和美貌著称的师范院校毕业了，跟论文的导师合了影，依稀记得，当年论文题目写的是《论中国古代科举制度对诗歌文化的影响》，不要问是怎么想出来如此狗血且不着调的论文题目，任何事情，方小山都始终觉得，结果比过程重要得多。

怀着对党和人民无比忠诚的决心和信心，方小山终于就要毕业踏上社会，心中无比兴奋和激动。毕业典礼的时候，学校给每人发了一件薄得几乎半透明的白色汗衫，当然，上面毫无悬念地印着学校的LOGO和名称，要求每个人都换上，辅导员还特意走到方小山身边，亲自把汗衫递给他，以老师对他的了解，一般情况下，作为一个跨世纪的高级知识分子兼刺儿头，这种傻了吧唧的衣服方小山是绝对不会穿的。

递到他手上的时候，方小山还不忘调侃地问了一句："哟，王老师，临毕业学校还怕我们找不着工作，每人给发块抹布啊。"

"小山，别贫了，赶紧穿上，你看同学们都换好了。"王老师一改平时对他调侃的包容和无视，突然变得有点儿严肃。

方小山显然没有料到她的表情会是这样，还没接口，王老师继续说道："在学校里你虽然贫，爱开玩笑，但是你的能力学院是有目共睹的，所以你四年来一直都担任学生干部，还兼任社团副主席,只不过,毕业了,你马上就要进机关工作,以后可不能再贫了……"

此时的方小山突然觉得,眼前这个跟他年龄相仿的女辅导员,有着同龄女孩所没有的成熟,其实,很多事情都有因果和注定,他的贫和桀骜不驯,注定了以后在机关里的格格不入……

毕业典礼上,方小山做了简短发言。当然,以他的风格,包袱还是要抖的。因为是师范院校,临结束的时候,方小山说道:"我们将一如既往地以再穷不能穷教育,再苦不能苦孩子的方针为指引,在工作岗位上,做园丁、做蜡烛、做灵魂工程师、做那些我们自认为光荣的称号……"下面一片笑声的时候,他却已是泪流满面。

毕业典礼后,方小山对身上这件汗衫竟然有些不舍,原本想直接扔进垃圾桶的,随后竟然自我安慰说:"拿回去当睡衣也不错呀,轻薄、透气、环保。"边说边在心里诅咒那个吃了不知道多少回扣的负责采购这批衣服的王八蛋一千遍。

从学校大礼堂出来的时候,本来约了女友一起吃午饭的,却在学校那条颇有情调且被无数电视剧取景的林荫主干道上遇到了安安,这个他认识了两年多的学妹。他们从认识第一天起,就一直在争论她的小名"安安"究竟是"安全套"的"安",还是"安全带"的"安",虽然,这俩本来就是同一个字。

"小山哥哥，你毕业典礼结束啦？"安安问道。

"对啊，约了你肖姐姐一起吃饭，你今天来学校干什么？"安安一向走读，而且这学期课非常少，所以不太来学校。

"今天学生会里有点事情，所以过来了。"安安道。

"那一起吃午饭吧。"方小山自作主张道。

当然，这样的自作主张是要付出代价的。肖婷见到安安后，一张臭脸从中午摆到了晚上。一直坚信男女之间没有友情的她，自然对安安颇看不惯。

"小山，我觉得吧，男女间不存在也不可能存在友谊。所谓男女之间的友谊，不外是爱情的开端或残余，或者就是爱情本身，你觉得呢？"

"哟，姐们，不错呀，您最近是打算去人文学院混个硕士文凭啊还是怎么地？"对于一个艺术系女生竟然能说出如此这般道理，方小山不禁重新打量了一下肖婷。

"少给我贫，我就觉得那个安安跟你始终有一种说不清道不明的关系。"肖婷看着他的眼睛，颇为认真地说。

"可是，我跟她什么事情也没发生呀。你看到了，我认识她比认识你还久呢，对吧？况且，明天我就离校了。"说完这句，他竟然有些伤感。

肖婷见方小山情绪有点不对，也就不再说下去了。她比他小一届，毕业后的爱情，他们谁也不知道会怎么样……

　　一个月后，方小山去机关报道，从对政界充满希望，到憧憬能在政界有一番作为，再到他突然能预见自己五十岁时候的样子，只花了一年。当然，这跟他工作努力不努力没有关系。一个应届毕业生，初来乍到，不努力工作是不可能的。因为那时候傻傻的，以为什么事情，只要努力了就会有结果。

　　当方小山预见按照这个状态，即便往上爬，他的人生也将在无趣和压抑中度过的时候，失眠了一整个晚上。一个人坐在房间里，把灯关上，看着窗外的点点星光，他忽然有一种从未有过的迷茫和彷徨。当初在众人的艳羡之下，进入国家公务员队伍，却在此刻，如身在雾霾中一样，迷失了方向。一整晚的回忆和自我安慰，终于让他的心情平复了许多。看不清方向的时候，就喜欢回忆。大四那年，有一天大雾，方小山跟寝室的胖子一起去校门口买东西，却见大雾中，一老者端坐路边，在雾气中更显仙风道骨，在其身前的桌子上，放着一个签筒。

　　胖子此时不淡定了，小声跟方小山说："山哥，你看这么大雾，他还出来摆算命摊，一定不是一般人啊。"

　　正值毕业找工作，胖子处在犹豫要不要做老师的阶段，忙撇下方小山，径直走了过去，边拿起签筒摇晃，边道："老先生，前途如雾，不知身在何处，能否指点一二？"

却听老者大声叫道:"我是卖早点的,你动我筷子筒干吗?!"

有时候回忆能让一个人不愿自拔,一如爱情的甜蜜一般。只是,人生之所以是人生,是因为会有很多的无奈、很多的现实。当有一天,如梦初醒般发现,你的人生本不该这样的时候,或许你已经没有了回头的勇气和决心。

很多时候,温水煮青蛙,消磨的,不仅仅是斗志。

当然,为了能顺利迎娶肖婷,在还没有做好完全准备的时候,方小山只能依旧混迹于机关,每天极不情愿地上班下班,对着局长副局长处长副处长科长副科长点头哈腰。

一年后,肖婷毕业。他们的爱情终究没有像书里描述的那样,毕业那天分手,所以彼此都非常珍惜。

肖婷毕业后去了学校当老师,等她工作一年多,稳定了以后,方小山再以国家公务员的职业身份前去她家见父母。正值全国上下公务员热,大家挤破头想考公务员的年代,再加上他的三寸不烂之舌,自然是深受肖婷父母的喜欢。很快,他们的婚事也近在眼前。

在筹备婚礼的那段时间里,方小山竟然安贫乐道地没有去想辞职的事。直到有一天,那个身体里的虫子像结束了冬眠一般,开始不自禁地冒了出来,用手把它按回去,过了一会儿,它又冒了出来。很多事情都是注定的，在什么时间遇到什么人，发生什么事，其实一切都早已有了安排。而我们来到这个世上，就像一群早就被固定了的牵线木偶般，按照既定的情节，发生既定的事情。即便这些木偶偶尔不听话，做错了一个动作，或者走错了一条路，终究还是会被控制者在另一个时间拨回原来的路线。所谓殊途同归，大抵便是如此。

于是，在机关工作了几年后的一天清晨，方小山五点就醒了，打了个电话给肖婷："我想辞职了。"

因为之前这个想法也跟肖婷提过，所以她并不惊讶。而肖婷的唯一优点便在于，对所有的事情都是那么淡定，仿佛这个世界上很多事情都与她无关似的。或许，这是学艺术的姑娘所特有的气质吧。

有时候，除了被琐碎的生活逼成一副面目空洞的躯壳，你还有第二种选择，用艺术逃避并治愈这一切，用色彩填满苍白无望的人生。一如草间弥生说的那样："因为艺术，我才生存到现在。"

所以学艺术的人本身就有这样一种气质，那种让人敬畏和钦佩的人生态度。肖婷一边接电话，一边捋了下头发，然后坐起身来，把头靠在床上，轻声道："一些事情不要去分析它。人的理性也许是低级的。到了眼前，去做就行，不必多想。事情会按照它既定的规则和秩序往前行走……"

她的一席话，让方小山总觉得她是早就准备好了，仿佛正是为了这一刻跟他说而特意背诵的一般。

有时候，你会突然发现，人所选择的爱人，其实是另一个自己。

几天后的早上，方小山正跟几个哥们打听辞职所要的材料、本单位、人事局的手续，以及走的流程等的时候，被局长一个电话叫去了办公室。开始以为一定是跟往常一样，他电脑又出了什么问题，抑或是输入法里找不到某个词。一边庆幸以后不用再像一个从蓝翔技校毕业生那样专门帮他们修电脑，一边慢慢走到局长室，敲了三下门，然后推门进入。让他惊讶的是，除了局长，里面还坐着分管处的副局长、处长以及办公室主任。

看见这架势，即便方小山见过很多世面，也显得稍有不淡定，人做了亏心事就是这样，心想："难道我想辞职的事已经走漏了风声？"

不过在这样一个已经改革开放几十年，我国已成功入世的大好时代，这也是个人择业的自由啊。虽然他每年的工作总结里，总会写道："作为一名共产党员、国家公务员，我深知肩上的重任……"

稍微定了下神，方小山微笑道："徐局，您找我啊？"

"啊，小方啊，来，坐吧。"局长笑容满面。

难道这是要欢送我？我这几年就这么遭人恨啊，方小山不禁有点唏嘘。

"经过班子讨论，你们科室也有一个副科长的空缺，我们觉得这些年，你的能力也得到了锻炼，在自己的岗位上，工作和业务能力还是可以的，所以想让你担任副科长的位置……"

局长后面的话，方小山基本没有听，他的思维是大风天里的一根蛛丝，乱得没了形，却又怎么都不肯断，只能毫无自控力地，被湍急的气流随便摆弄。

这时候，他突然觉得，人生最有意思的地方，就是你根本不知道下一秒会发生什么。哥们在局里勤恳工作这么多年，一心求上进的时候，你们视而不见，等哥们这一两年开始懈怠了，开始混日子的时候，你们反倒觉得我有用了，难道……是我之前没有参透机关里的生存法则吗？

恍惚中谢过局长，从局长室出来，方小山都不知道应该摆出怎样的表情，貌似后面就是走流程了，上报人事局、公示等，然后就可以走马上任副科长的位子。

命运给了人们手里的牌，骰子在它的手里。我们拿着一手仪式化的丰富的牌，觉得很多，以为有了权力，却不知这些不过是被操纵的工具。

回到家的时候，肖婷正好来家里吃饭，正跟妈妈一起做菜。做老师的好处就是，下班比较早，显然，她看出来方小山心情不佳。

"小山，怎么了？"肖婷一边盖锅盖，一边问道。

"有一个好消息和一个坏消息，你要先听哪个？"说到这里，方小山想起很久之前，给她讲过的一个笑话。两个人在森林里迷了路，然后昏沉地睡去，过了不知道多久，其中一个被另一个推醒，另一个问他："有一个好消息和一个坏消息，你要先听哪一个？"那人道："先听坏消息吧。""坏消息就是，我们在森林里迷路了，往后只能靠吃牛粪度日了。"那人继续问道："那好消息是什么呢？""好消息就是，牛粪有的是啊！"

想到这里，他不禁傻笑起来。肖婷见他表情变化丰富，忙过来摸了下额头，道："你没事吧，看你表情不太对头啊。"

"哦，我没事，那你说嘛，要先听哪个消息？"方小山狡黠地一笑，问道。

"先听坏消息吧。"肖婷当然还记得之前跟她说过的那个笑话。

"坏消息就是……"他故意顿了顿，"今天局领导找我谈话了，说要提拔我为副科长。"

"坏消息？"肖婷的脑子一下子还没反应过来，然后彼此都沉默了大约半分钟后,她突然"哦"的一声,恍然大悟。

"那好消息呢?"她继续问道。

"好消息是,如果我不辞职的话,哥混了七年后,终于坐上副科长的位置了。"方小山笑道。

说完这句,两人对这个消息仿佛无视般,开始和小山的父母一起吃晚饭,然后一起洗碗,谁也没有再提。

晚上送肖婷回家的路上,肖婷突然问:"那你打算怎么办?"

方小山从兜里掏出个硬币,"抛硬币决定吧。"

然后把硬币抛向空中,就在抛出去的一刹那,肖婷却说:"你还没说正反面各代表什么呢?"

方小山朝她笑了笑,然后摇了摇头。

当一个人面对两个选择时,抛硬币总能奏效,并不是因为它总能给出对的答案,而是在你把它抛在空中的那一秒里,突然就知道你希望的结果是什么了……

那是一个阴雨天气,也是被告知提拔后的第三天,方小山敲开局长室的门,在里面待了一个多小时。出来的时候,他微笑,随后去了另一个科室,跟这七年里最好的一个兄弟道别,泪流满面。

以前看过一个广告,画面里一个男人擦拭着他的相机镜头,说:"公司打算提拔我。"女人缝着衣服,头也没抬,说:"很好啊。"然后男人顿了一下，又说："可我想做独立摄影师。"女人抬起头，从背后抱住男人，说："好，我养你。"

当时看这个广告的时候，方小山的眼眶甚至有点湿润，但当这样的场景突然出现在自己的生活里，从一个年收入十多万的国家公务员，变成无业游民的时候，却着实有点窘迫的感觉。

不过唯一让他安慰的是：肖婷竟然能够无条件地支持他，让他去追逐自己的梦想。

于是，在辞去公职后的第三天，本着"老婆的指示，理解的要执行，不理解的更要执行，在执行中加深理解"的原则，兜里揣着仅剩的三百多零用钱，开上越野车，去接她，然后载她去静安寺附近。说起这辆车，跟方小山这个前国家公务员，貌似也是格格不入的。刚进来的新晋公务员，一般开个POLO，而像他这样不伦不类的实属罕见。当然，方小山有自己的见解，觉得车就好像身上穿的衣服，好看难看是一回事，更深层次的意思是要表达出自己的定位，是走严谨的职业范儿抑或是自由散漫的吉卜赛范儿，这个很有讲究。

"我去做指甲，你要跟我一起去吗？"肖婷问道。通常方小山都会选择一个人在车里待着，当然这次也不例外。

"没事，我在车里待会儿吧，顺便想想开公司的事儿，你慢点儿，没事儿。"他说道。

其实，对于一个标准的摩羯座男人来说，方小山的一切都有规划。辞职在外人看来似乎很突然，只是，在他心中一直有一个创业的梦想。

辞职的当天晚上，方小山打电话给大学同寝室的胖子，以及工作后认识的耿少。耿少真名叫耿年秋，因为穿着打扮特有范儿，且留着小胡子，本身也在某知名服饰企业中担任设计师，所以大家一般都叫他耿少。

而胖子呢，毕业后去了一个小学当数学老师，以他大学时候的普通话水平，自然是在学校里受尽歧视和挖苦，跟童养媳似的。所以那天通过电话以后，胖子一小时后就出现了，耿少还没到，方小山就跟胖子边吃边聊。

"我今天辞职了。"他冲胖子笑道。

"啊？"胖子吃进嘴里的肉也掉了出来，"什么？"他又问了一遍。

"我说我辞职了，公务员不干了。"方小山提高嗓门说道。

人在听到自己不能接受的消息时，通常都会表现出如胖子般惊愕的表情。仿佛在他面前的不是方小山，而是某个能代表月亮消灭他的美少女。然后还会再问一句"什么"，给人感觉上一句话他没听清楚似的。其实，那句话他听得比谁都清楚，之所以再问一遍，是他根本接受不了这样的事实，价值观处于崩溃边缘。

"山哥，你实话跟我说，是不是你嫖娼被逮住，被开除了？"胖子说道。

听他这么一说，足见毕业以后，没有女朋友的胖子在解决个人生理需求方面，都采用了怎样的方式和手段。

"你觉得哥们我还需要靠嫖娼来解决生理问题？"方小山不禁故作蔑视地看了一眼胖子。

"朋友，侬帮帮忙好伐，侬以为没有女人才会去嫖娼啊，会所里那些豪客，哪个不是为了图新鲜感？"胖子这句话倒是非常有道理。

方小山不禁语塞，给胖子倒了杯酒道："没看出来啊，这几年你精进不少。"

胖子被这么一夸，倒似乎回到了大学那会儿，开始不好意思起来，"嘿嘿"一笑，说："哪里哪里，生活经验嘛。"

"你现在还没女朋友啊？"由于跟胖子常联系，所以对他的近况大致也了解一些。

"嗯，自从上次那个分手以后，就没再找。"胖子说完，举起杯子一饮而尽。

"我说，眼下的社会，对女朋友的要求不能太高。长相还成，人好，性取向正常就可以了。"方小山以过来人的姿态开导他道。

"哎，我其实对我们分手那天发生的事至今还觉得有些莫名其妙呢。"胖子看了一眼方小山，一种寻求答案般的乞求的小眼神。如果他此时是个姑娘的话，方小山的心都要融化了。当然，体型得匀称，不然太瘆人了。

"你们吵架了？"方小山问胖子。

"也说不上是不是吵架，那天我们打算去逛街，一起坐地铁去徐家汇的港汇广场，出站之后我们两人因为哪个出口近而争执起来。我说十二号出口，以前走过，绝对的，她却说肯定是九号出口，结果一个人丢下我，朝九号出口走去。我就去问咨询台的地铁站点工作人员，那个阿姨看了我一眼，又看了一眼我女朋友的背影，说：'如果你要去港汇广场呢，就走十二号出口，如果你要女朋友呢，就走九号出口。'"胖子接着道。

"那当然走九号出口追上去啦。"方小山听完更加纳闷这俩人是怎么分的手。

胖子将他那肥硕的手掌在方小山面前摆了摆，"我走了十二号出口，因为我想她最终还是会去港汇的，直接在那里等她就可以了呀，这样既坚持了真理，最后也殊途同归。"

方小山顿时语塞，看来凡事都有原因啊，难怪胖子毕业这么多年了，还形单影只的，数学太好，有时候也不是什么好事。

方小山不置可否地想转移话题，就道："胖子，你在学校里混得不开心，现在嘛，我也辞职了，等会儿我还有一哥们过来，咱一起干，做生意，怎么样？"

当他用炽热的眼神看着胖子的时候，胖子回应他的却是一脸茫然，在把一块回锅肉放进嘴里以后，道："做生意啊？干什么呢？开个发廊？"

虽然胖子说的这门生意也算刚性需求，而且从本质上来说，能解决胖子的实际生理需要，但是此时方小山脑中却出现了一个头版头条的大新闻标题——原国家公务员携一小学老师开办色情场所被拘。

"你丫就不能跳出发廊啊、嫖娼啊什么的框框嘛，咱就不能干点儿正经生意？"方小山叫道。

胖子显然被说得有点不好意思，又"嘿嘿"傻笑了两下，道："那山哥，你说，咱干吗去，我就跟着你混了。对了，你说，这做生意的我也是头一遭，我除了数学好点，也没啥特殊技能，嘴条儿也不溜，不知道需要有什么特长吗？"

"其实吧，这些年我也看了些书，研究了很多案例。我觉得吧，一起合伙做生意，当然眼下流行叫团队，一个团队里的人，除了各自发挥优势外，主要的还是人品好，大家合得来，要特别能吃苦。"眼看这是要慢慢进入正题了，所以边说边放下了手中的酒杯。

"特别能吃苦？"胖子重复了一遍，然后扳着手指头，好一会儿才道："我能做到前四个字，山哥你看成吗？"

方小山刚想拿面前的一盘回锅肉泼他的时候，耿少来了。互相介绍认识以后，方小山把想下海做生意的想法跟两个人说了一遍，说到能不能吃苦的问题时，显然耿少的看法和胖子是一致的："山哥，我没念过多少书啊，不过我打小就知道，吃得苦中苦，方能开路虎；少壮不努力，只能开夏利。"

方小山一边惊叹于耿少怎么没去说相声，一边道："看来你当设计师，是屈就了呀。"

"那破公司，就别提了。"耿少继续说道："里面好多同性恋都看上我了，害得我东西掉了都不太敢弯腰，每天在这样提心吊胆的环境里工作，你说我能开心嘛，还有，整个就是一'夜总会'。"

"夜总会？"胖子惊呼。

对于胖子这样的，一晚上出现的"发廊""同性恋""夜总会"字眼，已经让他不能再淡定下去了。

"一天到晚总开会，所以我们都叫它夜总会。"耿少进一步解释说。

那一晚，大家喝到凌晨一点多，也没商量出个什么创业方案来。只是有一点得到了明确，三个失意的男人，终于决定要干一番事业。

随着跟肖婷的婚事越来越近，方小山也只能两头兼顾。一边跟两个兄弟一起策划开公司的事，一边筹备着婚礼。有时候虽然想不明白，结个婚为什么要搞这么多琐碎的事情，但是舆论的压力不得不让他屈服。

那天正和肖婷搭地铁出去采购一些物件，突然手机响了，掏出来一看，显示"安安"，肖婷也看到了手机屏幕，用戏谑的眼神看了一眼方小山，道："哟，安小主的电话呀，你赶紧接呀。"

"我还是不接了吧。"说实话，方小山有些心虚。虽然跟安安之间没发生过什么，但是，在学校的时候，肖婷就对安安心存敌意。毕业以后，大家联络虽然不多，但是在QQ上也经常聊天。但肖婷在边上，方小山始终有点不自在。

"别呀，你不接倒显得心里有鬼了。"肖婷的话没有错，方小山于是深吸一口气，按了下那个绿色的按钮，接通了电话。

"喂，安安啊。"

"小山哥哥……"电话的那一头，是带着哭腔的声音。显然，这声音大得让边上的肖婷也听见了。肖婷略微皱了下眉，却马上平复心情，看方小山的反应。

这样的对话方式，在这样的地铁车厢里，边上还坐着肖婷，显然是方小山始料未及的，忙问："安安，别哭啊，到底发生了什么事？"

"他要跟我分手，他不要我了。"安安继续大哭，相爱的时候会让一个女人失去理智，但分开的时候又何尝不是呢？或许若干年后回首再看这次对话，连安安都会觉得幼稚可笑，但当时当刻，这一切仿佛都发生得顺理成章。

肖婷听到的时候，心里也揪了一下，虽然对安安一直有看法，但听到电话里如此撕心裂肺的哭声，也不免有些怜悯。

"安安，你听我说，那是他没有眼光。"方小山听到女孩子哭，就手足无措，此刻，竟然说出了肥皂剧里的垃圾台词，安安在电话那头哭得更凶了。

"你要不去看她一下吧，小女孩别想不开。"肖婷凑到方小山耳边轻声道。

方小山用疑惑的眼神看了一眼肖婷，不知道她这句话的真实含义，于是对电话那头的安安说："安安，你先别哭，你在哪里呢？我跟你肖姐姐一起过来跟你聊聊吧。"

方小山暗自得意，觉得这样处理事情的方式一定会得到肖婷的赞许，却没曾想，换来了一个白眼。

挂了电话，方小山道："她说她在学校的操场。"

"你一个人去就行了，拉上我干吗？"肖婷嘴上虽然这么说，心里还是挺高兴。

"你不高兴啦?"方小山小心翼翼地问道。

"没事啊。"肖婷道。

以方小山的洞察力，知道这回貌似真的没事，因为女人说"没事"和"没事啊"的区别在于，前者是心灰意冷，后者是真的没事。

一如女人说"干吗"和"干吗啦"的区别在于，前者是讨厌，后者是喜欢。

女人，就是这么奇怪的动物。

于是，两人下了地铁，打了个车匆匆赶到母校。好久没有来母校了，感觉仍旧是那么云淡风轻，想起当年的青春岁月，方小山和肖婷都不觉有些走神，来到学校的操场，四处寻找安安的身影。

终于在一个角落，看见安安蜷缩的身影。虽然已是傍晚时分，但安安的背影还是那样熟悉，方小山在此后的很长一段时间里，脑海中经常会出现这样的画面，校学生会的会议室里，一个黄色衣衫的女孩子，笑着问道："你就是方小山?"然后露出两颗小虎牙……

安安一个人在那里轻轻抽泣，可能是因为瘦的关系，身体蜷缩在一起，让人特别怜惜。

方小山蹲在安安面前:"安安,我们来了,别哭了。"

安安抬头看了看小山,又转头看了看站在身侧的肖婷,像个孩子般站起来,然后擦眼泪。

"走,我们找个地方坐一会儿,操场风大。"肖婷见安安站起来,说道。

在学校门口找了一个茶坊,里面充斥着打牌的叫喊声,还不时会飘来阵阵烟味。

方小山和肖婷都不自觉地皱了下眉,安安倒没有表现出任何的不满,许是还沉浸在悲伤中吧。

"肖姐姐,你跟小山哥哥快结婚啦?"

不曾想,安安坐下后的第一句话会是这个。不免让方小山心头一颤,肖婷的脸色也有了些许变化。一个刚刚还在哭着失恋的女孩,怎么一坐下就关心起别人的事情来了,莫非是想打方小山的主意?

"嗯,是呀。"肖婷点点头,严肃而简短地回答道。

"我们俩也到了这个程度了,可是,上个星期,他突然打电话来说要分手,说不想结婚了,想一个人单身。"听安安说到这儿,方小山长长地舒了一口气。

可是,方小山和肖婷都有些奇怪,既然上周就提出要分手了,那为什么现在才哭得死去活来啊。

还没等方小山问,安安继续道:"可是就在今天上午,他的一个好朋友打电话给我,说他要结婚了,女方是他公司的一个前台……"说完又继续哭起来。

方小山和肖婷此时终于明白安安这么伤心的真正原因。其实,这个世界上,我们宁可忍受痛苦,也不愿忍受欺骗。

肖婷怜惜地看着眼前这个瘦小的女孩子,精致的五官跟眼睛里涌出的泪水极不相称,她递过一张纸巾,说道:"安安,其实这个世界上女人都会受骗,好男人骗她一辈子,坏男人骗她一阵子。很多事情,既然发生了,就试着接受,并学会放下。"

方小山一直觉得学艺术的肖婷是个谜一样的女子,犯傻的时候会很傻,但在关键时刻,总能说出让人醍醐灌顶的话语来。

终于,在晚上十一点多的时候,三人一起走出了茶坊,在过去的几个小时里,基本都是肖婷在跟安安对话,方小山则在一边显得有些无所适从。他们打车送安安回家,然后再各自回去。

方小山刚到家,电话就响了,是安安。

"喂。"方小山有点莫名,因为刚刚分开,怕安安又闹出什么来。在他心里,安安永远是个小女孩,小黄毛丫头,漂亮得都让人起不了邪念的那种姑娘。

"小山哥哥,你是不是到家啦?"安安在那边问道,倒是没有哭,只是声音比较轻。

"是啊，刚到家呢。"方小山不知道安安这么问的用意何在。

"肖姐姐没跟你在一块儿吧？"安安继续问道。

"没有啊，她回自己家了。"他俩的新房还在装修，所以结婚前没有住在一起。这似乎给很多事情的发生提供了土壤，但，这难道真的仅仅是因为没有住在一起的原因吗？

"那……你能不能……到我家来陪陪我？"安安的话让方小山有些不淡定了，正如肖婷之前所言，男女间真有那种纯粹的友谊吗？

遇到这样的事情时，方小山还是犹豫了一下的，毕竟深更半夜的，的确有点说不清道不明的感觉，当然，他觉得安安此刻心情极度悲伤，去陪人家聊聊天也不是什么错事。

于是，他开上车，去了安安家。

安安家住在一个老式公寓的六楼，没有电梯，待方小山爬上六楼，按门铃的时候，早已气喘如牛了。

安安穿着睡衣，出来开门，方小山把头探进去看了看，轻声问道："你爸爸妈妈呢？"

"哈哈。"安安看方小山怕成这样，笑道，"他们老两口搬到浦东去住了，把这套房子留给我一个人住。"

"你看。"顺着安安手指的方向，方小山回头望去，只见六楼公共走廊的屋顶被改造成了玻璃的，竟然能站在家门口看到星星。

"太漂亮了。"方小山不禁感叹。

"我家里重新装修的时候顺便让工人弄的,为了这个,给物业的负责人送了好几条烟呢。"安安充满成就感地说道。

"你这么改造,隔壁的人家没意见吗?"方小山不解地问。

"隔壁也是我们家的,现在六楼一整层都是我家的,哈哈。"安安的笑容精致而甜美,不觉让方小山看得都有些呆了。

"那我们搬两个椅子坐在走廊里说话吧。"方小山说道。

方小山或许觉得,如果不进安安家,罪恶感似乎会小一点,毕竟只是在人家楼层的公共走廊里聊会儿天。

那晚,他们聊了很多,从大学生活聊到彼此的爱情,很多东西,两人都小心翼翼地刻意不去触碰,怕一旦触碰,后果无法收拾。从安安家离开下楼的时候,方小山脑中竟然出现了肖婷之前的那句话:"男女间不存在也不可能存在友谊,所谓男女之间的友谊,不外是爱情的开端或残余,或者就是爱情本身。"

同时,脑中回忆起这样的场景:校学生会的会议室里,一个黄色衣衫的女孩子,笑着问道:"你就是方小山?"然后露出两颗小虎牙……

第二天起床的时候,已经是中午时分,跟胖子和耿少约了下午去看写字楼,筹备公司的事,大家伙儿都干得热火朝天。由于工作的关系，最近方小山和肖婷见面频率倒是不高，用肖婷的话来说，都老夫老妻了，只要革命纪律遵守得好，没啥可多担心的。

于是肖婷每天下班依旧逛街买衣服、买化妆品、吃甜品，女人是生活在幻想中的动物，以为穿的和明星一样就跟明星一样漂亮了。其实女人比男人聪明，现实也好，幻想也好，开心才是硬道理。

而安安竟然会时常来约方小山吃饭，起初的时候，方小山也觉得自然，因为在念大学的时候，他俩也经常一起吃饭一起打游戏一起喝咖啡一起聊天，除了没牵手拥抱亲吻上床，他俩似乎把情侣该做的那些事情都做了个遍。

但是时间久了，方小山心里有些不安起来。倒不是怕肖婷发现什么，而是有一天，他突然发现，自己似乎喜欢上了安安。

有句话是这样说的，你对一个人有欲望，那是喜欢，你为一个人忍住欲望，那就是爱。

有些人，一旦遇见，便一眼万年；有些心动，一旦开始，便覆水难收。

于是，方小山开始刻意地回避安安，婉转地拒绝她。直到有一天，安安打电话跟他说："方小山……"这是她第一次这么叫他，以前都是叫小山哥哥的。

"啊?"方小山有点错愕。

"我发现我喜欢上你了。"安安的表白很直接,直接得让人都找不到一丝一缕去遮盖和掩饰什么。

"哦,我也挺喜欢我自己的。"方小山用他的贫嘴掩饰着内心的波涛汹涌。

日版《白夜行》里有这么一句话:之所以会喜欢上第二个,就是因为第一个给了你安定的感觉。

方小山约了安安晚上见面,他的初衷是,晚上跟安安说清楚,他已经是一个快要踏入婚姻殿堂的人了,不能这样毫无责任感地说变就变。

他们约在绍兴路上的"汉源书屋"见面,一个很雅致的所在。点了一壶茶,安静地聊天,透过大大的落地窗,可以看见小马路上的来来往往。听说分众传媒的总裁江南春先生当年也在此处闭关多日,才有了后来的分众。

安安来得有些迟,坐下后,自顾自喝了一口茶,什么也没说,摆弄着手机。有时候,经历了日夜思念,可是当思念的人出现在眼前,你却安之若素。

方小山也是边喝茶边望着窗外,绍兴路是一条小马路,来往的人和车都不多,路边是高大的法国梧桐,叶子随着风轻微摆动,这一切让方小山有点走神。

他有勇气辞去公职，却没有勇气走出这一步。

过了十来分钟，安安先开口了："你说怎么办吧？"

方小山先是一愣，随后笑道："能怎么办？我跟肖婷都已经在筹备婚礼了，你觉得我应该怎么办？"

安安用牙咬了咬嘴唇，表情有些为难，过了一会儿，才道："可是，我喜欢上你了。"

"安安，我们相处好几年了，你应该是刚分手，所以需要一个感情寄托。"方小山虽然话这么说，但是他心里清楚，安安和他之间，绝不仅仅是这样。这是一个量变到质变的过程，与其说之前一直没有显露出这样的感情，是因为没人去捅破那层窗户纸，不如说是那次的深夜聊天，让他们彼此都走进了对方的内心。

方小山之所以会多这样一个妹妹，是觉得这样漂亮的女孩子，自己实在没有自信去追求，于是大学几年间，始终兄妹相称。似乎正应了那句歌词，"就让我们虚伪，有感情别浪费，不能相爱的一对，亲爱像两兄妹。"

"那你觉得我们俩应该怎么办？"方小山反问道。

"你还是想和肖婷结婚，对吗？"安安看着方小山的眼睛问道，眼神锐利得让人有些发憷。

方小山低下头，半晌才"嗯"了一声，算是回答。

他跟肖婷也有几年的感情，两人一直相处得不错。虽然时间久了，难免会有平淡的感觉，但这也是从爱情过渡到亲情的必然阶段，是正常的。毕竟人生没有处处充满激情的地方。

作为一个摩羯座的男人来说，方小山是谨慎的，无论从哪方面去衡量，他都觉得自己在冒一个很大的险，一场一旦输了，就会万劫不复的险。

"安安，很多东西，放在心里就好了。"方小山的理智最终战胜了情感，开始向安安说教。

安安笑了一下，柔声对方小山说："小山哥哥，你敢承认大学时候没喜欢过我吗？"

安安显得自信十足，而此时的方小山，像一只泄了气的皮球般，如果说多走一步是万丈深渊的话，方小山的一只脚，已经迈了过去，另一只脚，此刻也开始不听使唤了。

"我不能对不起肖婷。"方小山终于挣扎了许久，说出了这句话。

在方小山心里，始终觉得肖婷比较重要。毕竟无论从什么角度出发，他始终把肖婷当成后半生的伴侣。而之于安安，虽然大学时候的确喜欢过她，但很多事情，他觉得过去了就是过去了，错过了便是错过了。

这次的重逢，以及安安不合时宜的表白，虽然让方小山心里的平静被打破，此时充满了涟漪，但他仍旧在奋力挣扎。

安安这会儿没了声音，只是一个劲地喝茶，眼圈仿佛也有些红了，"你们什么时候结婚？"

"啊？"方小山没料到安安会问这个，一时没反应过来，"明年年初吧。"

"那还有七个多月。"安安扳着手指头数的样子，可爱极了。

"你想干吗？"方小山问道。

"没什么，我还能干吗呀？"安安叹了一口气，接着说，"小山哥哥，在这七个月里，你能不能给我个机会，跟肖婷公平竞争？"

方小山吃了一惊，这不是让他同时辜负两个女孩子吗？！

"不行。"方小山斩钉截铁，"现在已经没有什么公平的竞争了，我跟她感情很好，我们在筹备婚礼了。虽然我也喜欢你，而且喜欢挺长时间了，但我相信这是注定的。"

见安安不说话，方小山继续说道："安安，你应该好好找个男朋友，跟你结婚，生子，一定会比跟我在一起更快乐。"

方小山说完，觉得像极了某部琼瑶剧的台词。

"你到底是因为喜欢她还是因为你那些所谓的责任，才跟她在一起的。"安安说得有些无力。

其实，此刻方小山自己也分不清原因是什么。很多时候，跟一个人在一起久了，仿佛一切都顺理成章了，谁知道就在快结婚的当口，会出现这样的一幕。

自从方小山想开旅行社以后，时常听人说，一生中至少要有两次冲动：一次为奋不顾身的爱情，一次为说走就走的旅行……说的好像都不要钱似的！

方小山明白，如果这次奋不顾身，就不仅仅是钱的事情了，赌注太大了……

晚上的时候，他照例跟肖婷通了个电话，两人随意地聊天，已经成了最近不见面时候的良好补充。时间久了，或许思念也变成了淡淡的，不浓烈，不造作，却能在夜深人静的时候，体会彼此心和心走近的感觉。

"你公司那边筹备得怎么样了？"肖婷问道。

"写字楼已经租好了，一百多平，现在装修，然后准备开始招聘了。"方小山创业有了两个好兄弟帮衬，倒是轻松了不少。

方小山在辞职的当口，对于创业所要进入的行业，做过一些筛选。对于旅游、广告、教育等手头有一些资源，相对也比较有兴趣一些，最终在整合了胖子和耿少的优势以后，打算进入旅游行业，做境外游项目。

之所以选择这个为切入点，一来考虑到目前境外游越来越火，而且传统旅行社对于境外游基本就是"上车睡觉，下车尿尿,到景点拍照,回去一问啥也不知道"的态势。对于很多出境游的诉求来看,大家更希望更深度的自由行或者半自由行,而方小山他们,就希望能在这样的细分市场里找到突破口。

有一天晚上,方小山刚回到家,就收到了安安的短信:"你我曾相遇,却连肩都没擦就而过了,但相遇再短,也算相逢,时光再快,也算光阴,来过又走,也算陪伴。人生已如此孤独,哪怕只碰过指尖,也是好的。"

方小山看了几遍,却不知道怎么回复。这几天的精神恍惚,显然也让耿少看出了些许端倪。有一天,在楼顶抽烟的时候,耿少突然问:"你小子最近是不是出轨了啊?"

方小山本就心虚,被耿少这么一问,第一反应是:"啊?你丫是怎么知道的?"

这回轮到耿少大跌眼镜了,本来看他恍恍惚惚的,想开个玩笑,没想到歪打正着了,道:"不会吧,我说,还真是啊?"

方小山这才意识到自己刚才的失态,不过面对兄弟,既然说漏了嘴,倒也没有什么好隐瞒的了,于是把事情原原本本地跟耿少说了。

耿少点起一支烟,幽幽地吐了几个烟圈,看着远方,道:"哎,这就是男人啊,都一个样。从来不会拒绝任何一个感觉不错的女人,即使他已经有女人了。"

方小山刚想解释，耿少一抬手，继续道："你一定想说，你跟别人不一样，这姑娘是你大学时候就喜欢的，你们只是阴差阳错地错过了，现在的重逢和表白，造就了你们想重新在一起，对吗？"

方小山道："可事实真的是这样，而且我这不还没出轨呢吗，我还是很纠结，觉得特对不起肖婷。"

耿少"呵呵"一笑，一脸严肃地看着方小山："小山，咱俩是哥们，所以怎么说，我都是挺你的。但说实话，我觉得你这么干风险太大，知道为什么我一直不想找固定的女朋友吗？就是烦，太烦，你明白吗？你现在一惹就是俩姑娘，我觉着你要被烦死了。"

人之所以会心累，就是常常徘徊在坚持和放弃之间，举棋不定。

方小山跟耿少的聊天被一个电话打断，是公司前台打来的："方总，有个叫安安的女孩子来公司找你。"

"我这就下来。"方小山心里暗道一声"不好"，赶紧和耿少一起下了楼。

"你怎么来这里了？"方小山觉着这个当口安安到公司来，给他增加了很大的压力。

"你新公司装修好了，我来看看不行啊？"安安调皮地笑道。

耿少没有说话，看了眼安安，又看了眼方小山。方小山明白他的意思，点了点头。

好不容易送走安安，胖子这下可来劲了，"我说山哥，刚那妹纸长得不错啊，你的妞啊？"

方小山摇了摇头，道："我怎么没觉得长得好看啊，瘦得跟超薄卫生巾似的，有什么好？"

"我觉得还成。"胖子继续道。

"好了，胖子，你让小山哥消停一会儿吧，咱筹划下那个台湾小众路线深度游的项目。"耿少忙过来解围道。

其实之于方小山来说，最近感觉麻烦不断，先是辞职创业，公司刚刚起步，自己的私生活却又出了这么一档子事儿。

晚上在肖婷家陪她看片子，看了徐静蕾导演的《开往春天的地铁》，里面有一句台词是这样的："我老有一种乐极生悲的感觉，我觉得人一辈子的爱就那么多，就像花钱似的，有人匀着使能使一辈子，平平淡淡的，咱们俩好像有点太挥霍了，好像一下子就都要使完了。"

肖婷突然转过头问道："小山，我最近总有一种很奇怪的感觉，觉得我们俩这婚结不成？"

方小山心里一惊，但面上故作镇定，忙问："怎么会有这样的感觉啊？你一定又胡思乱想了吧。"

说完还假装"哈哈"笑了几声，但勉强发出的声音，干涸到没有一丝情绪。

"我也不知道，就是有这种感觉吧。"肖婷说道，随即自己也摇了摇头，"怎么可能，我们都在筹备婚礼了呢。"

"对了，今年暑假我们学校组织去云南培训半个月。"肖婷把头靠在方小山的肩膀上。

"哦，要半个月这么久啊，我会想你的。"方小山趁势撒娇道。

"得了吧你，都老夫老妻了，做作什么呀？我在上海的时候，也没见你天天来找我嘛。"肖婷娇嗔道。

"我这不是最近开公司，忙嘛。"毫无底气地说完，方小山又是"呵呵"傻笑。

正在这时，手机响了，有短信进来。而此时，方小山的手机在沙发边的桌子上，肖婷只要身体前倾就能拿到。

换作以前，手机响了，方小山总是会使唤肖婷帮他拿，为此，肖婷还直说他是个大懒虫。可今时不同往日，万一是安安发来的，那该有多糟糕啊。

于是，方小山假装没听见，继续跟肖婷聊天。显然，这不是他以往的风格，肖婷以为他没听见，就说道："小山，你的手机响了。"说着习惯性地要去拿。

这下把方小山急坏了，忙道："没事，让它去吧，估计又是什么垃圾短信，最近老收到。什么贷款啊，买房啊……"还没等他说完，肖婷已经拿到了手机，瞄了一眼屏幕，道："是你那个好妹妹发来的，不是垃圾哟。"

方小山用微微出汗的手心接过手机，肖婷很自然地把头侧过来，想看看究竟安安发来了什么。

"你觉得什么是爱情？"短信里竟然是一个问句，方小山为此略微松了一口气，总比一句赤裸的让人面红耳赤的情话要好得多吧。

"这孩子估计最近情伤，逮谁都问这种人生哲理，哈哈。"一逮到机会，方小山马上开脱。

"那你打算怎么回呀？"肖婷倒显得有些不依不饶。

"理她干吗，这么聊下去，估计得聊到后半夜呢。"

方小山假装漫不经心地让眼神重新回到电脑屏幕上，余光却一直瞟向肖婷拿着手机的手。

肖婷听方小山这么说，也觉得有点道理，嘟囔着："你这里都快成知心大哥哥热线了。"

可肖婷刚放下手机，却若有所思，然后迅速拿起，对着手机屏幕一阵按，然后一抬手，用一个很夸张的姿势比画了一下，意思搞定了。这下方小山冷汗都下来了，忙问："你回了什么给她？"

"我说，爱情就是两个人即便在一起什么都不说，也很自然舒服的感觉。"

艺术系的女生所表现出来的天分，有时候会让你无言以对。于是，她把这样的短信当成消遣这个无聊夜晚的一份调料。而她恰恰没有料到，她所消遣的，却恰恰是自己。

"你可够无聊的啊……"方小山自然知道这样聊下去的后果，于是借口明天还有事，要走了。

他假装自然地拿过手机，然后到门口换鞋，肖婷送他到门口，两人深情地拥吻，然后关门。

就在关门的一刹那，短信铃声响了，肖婷重新打开房门，道："她回复了什么？"

方小山拿起手机，念道："我跟他在一起就是这样，可他还是跟我分手了。"

肖婷听完叹了口气："这姑娘太执著，你改天好好劝劝她。"

随着肖婷再次关门，方小山把手机放进了裤兜，屏幕上写着："那你跟我在一起是这种感觉吗？"

方小山没有回家，而是开车去了安安家。

安安有些惊讶："今天怎么想到来看我啊？"

他像回到自己家一样，什么话也没说，换拖鞋，上厕所，倒水喝，然后把脚搁在沙发沿上。

安安见他不说话，也自顾自继续看电视。过了大概十五分钟，方小山起身，换鞋，带上门，离开。安安一言不发地跟在后面，看着方小山关上门，却没有追出来。

"你不是问我，跟你在一起，即使什么都不说，是不是也是那样自然舒适嘛。"这是那天离开后方小山发给安安的一条短信。

方小山的公司陆续接了一些小单，让大伙干劲十足。在完成了一个大型的境外游的团队项目后，三人出去喝酒。酒过三巡，胖子嚷着要请客，这在以前是绝对不可能发生的事啊，胖子的抠门是大家都知道的。

"今儿胖爷我高兴。"喝高了的胖子舌头也大了很多，加上本就口齿不清，听起来更加吃力。好在方小山和耿少跟胖子在一起时间久了，连猜带蒙的也能估摸出个大概的意思来。

"我有女朋友啦。"

"哟，怎么认识的呀？你丫也太深藏不露啊，之前没听你说起过呀。"耿少借着酒劲，问道。

"就前几天，我喝多了想跟一个女生表白，就问她，如果一个男生喜欢你，跟你表白，你会什么反应？没想到，她跟我说，都什么年代了？还表白？土不土啊，这年头就应该把姑娘约出来看电影，愿意跟你待到夜里就牵手，愿意牵手就接吻，表白这不是给人机会拒绝吗？！"胖子一边大口喝着酒，一边用那张肥嘴费力地往外吐着字。

"那后来呢？"方小山和耿少几乎异口同声地问。

胖子继续边吃边说："后来我心想，那既然她这么说了，就约她第二天看电影呗，没想到她答应了，然后我就一步步，按照她设计的套路，让她做了我女朋友。"

"就这样？"或许胖子是太寂寞了，所以认为这样童话般的剧情说出来也会有人相信。

"当天晚上……她就答应做我女朋友了。"胖子笑道。

两人相视一笑，谁也没把胖子酒后的话当真。毕竟胖子单身了这么久，编出这么个故事来，作为兄弟谁也不会笑话他。

没想到说话间，胖子的手机响了。只听胖子冲着话筒说道："啊？亲爱哒，我还在喝酒呢，你来接我？好呀好呀，我在铜川路……"

两人面面相觑，过了大概二十多分钟，来了辆出租车，车上下来一个短发的女孩子，戴个框架眼镜，看着比较干练。

只见她径直走到胖子旁边，笑着说："怎么又喝这么多啊？"见方小山他们有些不解，连忙道："你们好，我是他女朋友，我叫吴昕。"

两人赶紧问好，待吴昕把胖子接走，方小山和耿少还是没有回过神来。

"小山，来，你掐我一下，刚才不是在做梦吧？"

"没做梦，胖子可真有本事。"方小山踹了耿少一脚。

后来才知道，吴昕之所以答应了胖子，是觉得胖子喝醉酒的那一刹那，特别可怜，特别需要人照顾，所以后来才答应做他女朋友。

往往很多爱情的开端都特别有意思，你都不知道为什么，爱情就开始了，有人说，生活，一半是回忆，一半是继续，爱情又何尝不是这样呢！

肖婷要去云南培训半个月，约好了每天晚上九点上QQ视频聊天。可有一天，方小山家的网络莫名其妙出了故障，怎么也上不去，无奈之下，只好带着身份证去街对面的网吧上网。里面一群一看就是还没成年的孩子聚在一起打联网游戏，还有几个大叔吃着方便面，跟人视频聊着天。

方小山找了个靠近角落的位置，然后打开QQ跟肖婷聊天，听她讲在云南的趣闻。

聊完准备离开的时候，刚巧碰到警察突击检查未成年人上网问题，小山这样一看就是成年人的，自然被放过。那几个黄毛小子可就麻烦了，被叫起来站成一排。当警察问到一个平头小伙儿的时候,方小山恰巧走过,于是出现了下面对话。

"职业?"

"法师。"

方小山用无比崇敬的目光看了他一眼,默默地为他祈祷。

走出网吧的时候,收到安安的短信,约他明天晚上到嘉善路的米墨吃饭。安安跟小山其实很多方面都很像,喜欢去那种特别有文艺气息的地方。而肖婷在这方面却显得随意得多,虽然是学艺术的,但是对环境却要求不高。

第二天方小山走进米墨的时候,安安早已到了,坐在一个靠窗的位置,背对着门,一头长发,背影看着就很美。里面很多外国人,都小声地聊着天。

"到了多久了?"

"才到一会儿呢。"

简单的对话后,安安开始点菜。方小山吃饭的时候不喜欢点菜,所以他特别享受那种不用点菜,对方却知道他喜欢吃什么的感觉,跟安安在一起就是这样。而肖婷会有一些小纠结,一边点一边会征求小山的意见。

安安点完菜,会告诉他自己点了什么,然后小山微笑,都是他喜欢吃的食物。

米墨里养了两只猫,总喜欢在客人的沙发边蹦蹦跳跳的,方小山极为不喜欢猫这种动物，主要是它们来去都太快，无法掌控，而安安却非常喜欢，一边吃，一边还用手机给猫咪们拍照。

"最近忙什么呢？"安安问道。

"还好呀，肖婷去云南半个月，我么，还是老样子。"方小山自己也不知道为什么会提起肖婷，而且还很刻意地说出她出差的事，是潜意识里在给安安什么暗示吗？

人是奇怪的动物，当你在犹豫自己是否要做出决定的时候，其实在你的心里，早就有了决定，你做了很多多余的动作，只是为了把你内心的那个决定诱导出来罢了。

吃完饭，两人沿着嘉善老市慢慢地散步，里面有很多颇具情调的餐厅和酒吧，很多老外。安安走在街沿上，像个六七岁的孩子般，把两手张开，保持平衡。

就在她走着走着，逐渐快要失去平衡的时候，方小山伸出手来，拉住她，两人就这样，一路走了很久。

方小山想起了《倚天屠龙记》里张无忌抱着赵敏的时候，也希望这样的路没有尽头。此时，方小山竟然也有同样的想法。

快九点的时候，方小山提出送安安回家，安安若有所思，道："你有事？"

"没……没有，就是……九点要跟肖婷视频。"方小山竟然有点结巴，他自己或许都不知道在害怕什么。

"哦，那去我那儿吧，否则你送我回家后，赶不及回去视频了。"

"嗯，好。"

九点不到的时候，到了安安家，然后开电脑，安安很识相地去了客厅看电视，把书房门轻轻带上，然后方小山把房间灯关掉，这样肖婷就不知道他不在自己家了。

二十多分钟后，方小山从书房出来，看见安安在沙发上已经睡着了，于是轻轻抱起她，放到床上，帮她盖好被子。

熟睡中的安安看起来像个幼儿园的小姑娘般，呼吸均匀，长长的睫毛，安安在方小山心里，永远是那个学生会里的小姑娘，他从未奢求能这么近距离地在一起，甚至能感受到她呼出来的气息。

第二天醒来的时候，接到安安气鼓鼓的电话，问他昨天离开的时候怎么没跟她说一声。

他笑道："我走的时候你已经睡得跟头小猪一样了，干吗要叫醒你呢？"

电话里调侃了几句，方小山起来从冰箱里拿牛奶，因为是周末，不用上班，喝着冰牛奶，看着外面阴霾的天气，感受着喉咙里一丝冰凉滑过食道，流进胃里的感觉。

电视里说云南大理这几天下大暴雨，于是，给肖婷发了条短信:"你住的城市下雨了,很想问你有没有带伞。可是我忍住了,因为我怕你说没带,而我又无能为力,就像是我爱你却给不到你想要的陪伴。"

很快肖婷就回复了:"乖乖给老娘在上海好好待着,不许乱跑,过几天就回来啦。"

方小山对着手机屏幕笑了好长时间,就是一个人,穿着睡衣,一手握着牛奶杯,一手拿着手机,在沙发上傻笑。原来,想念一个人的时候,无须太多的语言,只需要发呆、傻笑。

"晚上来我家吃饭吧,我做饭给你吃。"这是安安的短信。

方小山突然感觉有些眩晕,他不知道周旋于两个女孩子之间,什么时候会有一个结果。他甚至不知道,这是老天在眷顾他,还是在耍他。

到安安家的时候,安安早就开始忙活起来了,把方小山迎进来以后,顺手扔给他一把钥匙,"以后自己开门,省得还让我百忙之中出来迎接你。"

方小山不知所措地接过,然后顺手放进了裤子口袋,一桌子的菜被搬到走廊里,那个能看见星星的地方,蜡烛、红酒……

安安总能营造出一个特别舒适的、让方小山特别喜欢的环境。所以他跟她在一起的时候,感觉毫无压力,就像跟另一个自己在一起一样。

有人说，人所选择的爱人，其实是另一个自己。适用于肖婷，竟然也适用于安安。

方小山的内心有着从未有过的恐惧感，他甚至有一种错觉，仿佛此时在眼前的人是肖婷，那个他曾经和现在都深爱的女人，而模糊中，这张脸却变成了安安，这个也是他曾经和现在都深爱的女人……

"我一个电台的朋友送了我两张汽车音乐节的票，明天你有空吗？我们一起去。"快吃完的时候，安安说道。

"嗯，好啊。"方小山说着开始帮忙收拾碗筷。

由于喝了酒，所以只好将车停在安安家的小区，自己打车回去，第二天再打车过来，开车带安安去嘉定的汽车音乐节。

那天的嘉宾是林俊杰和其他几个明星，当"隆隆"音乐声响起的时候，方小山的电话响了，是肖婷。

"你在哪儿呢？"肖婷问道。

"哦，我跟几个哥们在嘉定音乐节呢。"这么响的音乐，方小山也没打算隐瞒什么，只要不告诉她跟谁在一起就行了。

"哦，那没事了。"肖婷的电话打得有点奇怪，方小山有点摸不着头脑。

过了许久，才收到她的短信："我一朋友说看到你在嘉定汽车音乐节呢，我想你平时不喜欢那么闹腾的地方呀，没想到她还真没认错。"

这条短信让方小山警觉地环顾了一下四周，然后悄悄地刻意与安安保持了一段距离。人在心虚的时候，所表现出来的刻意和做作，是最明显的。此刻的方小山看着远处，几盏看似温情的灯光根本无法稀释整个城市在黑暗中散发的孤僻感。他的喉咙里卡了上不去下不来的一口痰，想要清一清，刚咳出声音，反而是眼泪先流了下来。

听着《背对背拥抱》，方小山竟然有些走神。从前他以为自己知道喜欢一个人会是什么感觉，安安的出现，让他对自己的很多认知观念产生了颠覆和改变。

音乐节的喧嚣，似乎让方小山迷失了自己，看着人头攒动，荧光棒，男女之间拥抱，还有对着舞台的呐喊。不远处的安安专注地看着舞台，还不时随着音乐哼唱，她本该有属于自己的美好年华，她本该跟一个爱她的男人光明正大地在一起，不用这么偷偷摸摸。方小山在想，如果真的有地狱，自己是不是终有一天会走到那里……

可是，爱一个人，似乎才是不能自拔的地狱。

人生有趣的地方在于，无论之前走了多远的路，两手中间沉甸甸地收获着大颗大颗饱满的苹果、葡萄、荔枝、一罐金色的蜂蜜……只要遇到了喜欢的人，不需要思考，松开双手，为了朝他用力地挥摆出自己，那些收集了那么久的，饱满的苹果、葡萄、荔枝，碎在蜂蜜里。

方小山此刻就是这种感觉，一种飞蛾扑火的义无反顾。

不过与其说方小山是飞蛾扑火，倒不如用它来形容安安更贴切一些。安安的心里总是悬着很多东西，没着没落的。她不知道她跟方小山将来会怎么样，她也不忍心看着方小山跟肖婷分开，那样的责任她受不起。可是，如果他们不分开，她的爱情，又怎么办呢？

从嘉定开回去的路上，有些堵，这么多车同一时间从嘉定挤上高速公路，朝同一个方向开，能不挤吗。安安静静地坐在副驾驶座上摆弄着手机，他俩已经习惯了这样的相处方式，一如之前方小山说的，喜欢一个人，就是即便俩人在一块儿什么都不做，都会觉得舒适、自然。

此刻不知道安安心里在想些什么，即便是两人在一起的短暂快乐，都无法让安安内心深处那股淡淡的忧伤隐藏起来。因为安安知道，方小山毕竟不是自己公开的男朋友，人家是有女朋友的人。安安想到这点的时候，会一个人偷偷地哭，会对着方小山发脾气，会一个人自怨自艾，会想着放弃，可内心却隐隐地有些许的舍不得。安安时常安慰自己说，说不定再坚持一段时间，小山就能完全属于我了。只是，这"一段时间"究竟有多久，安安不知道，或许谁都不知道。

所以，安安一个人安静不出声的时候，方小山很少主动去跟她搭话，说不定安安正独自悲伤着呢，这一搭话，换来的又是一个姑娘的梨花带雨，和方小山内心的挣扎和不忍。

把安安送回家，方小山回家洗了个澡，然后跟肖婷视频。说实话，他心里还是很想念肖婷的，如同一个已经走入冬天的人怀念自己遗失在秋天里的麦穗，普普通通的温柔，却带有瑰丽的伤感。

"今天的音乐节怎么样？"肖婷在视频里问道。

"还成吧，就几个明星在那儿蹦蹦跳跳的。"其实肖婷是了解方小山的，他的确不喜欢那种闹腾的地方。对于摩羯座的男人来说，有时候一个人独处，是最能让心灵放松的方式，没有之一。

"你那边怎么样啊？遇到云南帅哥了吗？"方小山有些挑衅地问道，之所以用"挑衅"这个词，是因为方小山的语气中带着对肖婷的足够信任，而这份信任，在口气中，让肖婷却有些莫名地想挑战一下。

于是，肖婷偷偷坏笑了一下，道："还真有，你等着啊，过俩礼拜，保不齐我给你带一云南的竞争对手回来。"

"哟，您这趟去云南，是去培训还是去碰瓷啊，您可别祸害了人家。"方小山针锋相对地嘲讽着。

此时的肖婷，早就被方小山逗得"咯咯"直笑了。

肖婷跟方小山之间的爱情，简单、自然，一个总喜欢惹对方，却又能适时地把她逗乐，另一个，也享受着这专属于她的恬静美好。

结束视频通话，方小山躺在床上，仰面朝天，对着天花板发呆。感情之所以不可控，是因为上天总是在一个不经意的时刻，让你遇到这么一个人，无论你怎么挣扎，怎么克制，怎么坐怀不乱，都会如一个深陷沼泽的人一般，无法自拔，方小山不知道这算不算宿命，但他却相信注定。

一如注定了在这个年纪，会离开机关，出来创业；注定了在离开校园后，跟安安在一起。

人总以为自己能够自主地决定自己想要的生活，却不知道，早就被命运像牵线木偶般捆绑起来，什么时候哭，什么时候笑，什么时候遇到什么人，都早有设定。

眼见肖婷还有一周不到就回来了，此刻的方小山，却还沉浸在与安安的醉生梦死里。每天一起牵手走路，一起吃早餐，一起逛街，一起看电影，或许就是因为对于未来大家都很迷茫，所以才像一个已经一穷二白的赌徒般。反正已经一无所有，倒不如尽其所能享受目前所拥有的那一点点的快乐，哪怕只有一点点。

方小山的公司慢慢有了起色，上了正轨。在整合了一些其他旅行社的资源后，出境自由行的项目倒也做得有声有色。因为在产品上做了差异化，避免了与那些大型旅行社正面交锋，且与网络上的一些大型旅游网站产品有所不同，不仅能预定自由行的机票和酒店，更能提供自由行的小众路线规划、模块化定制等，一时间员工也招了十来个，做得风风火火。

胖子和耿少各分管一块，方小山负责统筹。三人虽然也有意见相左的时候，不过方小山在话语权上，还是有一定分量，三人倒是形成了一个不错的团队合作关系。

方小山一边感慨幸亏当时辞职出来创了业，一边庆幸有这么好的伙伴，这么好的员工能来帮助自己，大家一同去实现一个大大的梦想。

方小山一直觉得，要对合作伙伴和员工好一些，所以公司不打卡，但每个人都积极工作，还会经常自发地加班；公司里免费提供午餐，通常到了饭点，就会分别叫外卖，费用公司报销，因为每个人饿的时间点不一样；下午还经常会有下午茶，所以公司虽然刚成立不久，而且也不大，但每个员工都很快乐。方小山这才意识到，虽然薪酬是一方面，但另一方面，让你的员工工作起来感觉快乐，也是公司留住员工的不二法门。

办公室里每次叫外卖都喜欢用花名，冰河、星矢、紫龙啊，有一次送外卖的小哥又来了,"冰河,你的豚骨拉面,我说,你们在这儿工作这么久了,雅典娜救出来了吗?"众人一片笑。

方小山的花名就是雅典娜,刚开始的时候,他死活不从,总觉得一个娘们的名字按在他这样一个阳光直男身上,怎么听怎么不合适。更何况,因为在公司里都是直接叫花名,这要是被外人听见了,何止是难堪这么简单啊?

无奈的是,这种称谓就跟外号一样,不是由被叫的人决定的,而是由叫的那群人决定的。当身边每个人都开始这样叫你,而且一叫就是几个月的时候,你也就只能被迫顺从了。

耿少的花名是一辉,胖子的花名是冰河,所以,外卖小哥每次来的时候,找冰河的概率是相当高的,谁让人家食量大呢。

从某一天起,找一辉的人开始比冰河多的时候,方小山有所警觉了。每次找耿少的都是同一个人,一个年轻貌美的姑娘,而耿少却对她有些冷淡。直到这个频率开始达到工作五天里来找他七次的时候,方小山和胖子决定对耿少进行严刑逼供。

被问及此事,耿少幽幽地喝了一口黑啤,颇为淡定,道:"是我在陌陌上认识的一个姑娘,然后就见面了。我也没打算跟她怎么样,就一起吃吃饭、喝喝咖啡,感觉挺聊得来。结果她倒好,开始缠上我了。你们知道的,我从来没有固定的女朋友,你说,多烦啊。"

对于胖子来说，耿少的解释显然是站不住脚的，"你没怎么样人家，人家会每天都来公司找你？"

胖子说的也不无道理，如果是普通朋友的话，人家女孩子也不至于这样吧，方小山在一旁附和。

"就牵牵手，偶尔亲一下什么的，真没上过床。"耿少似乎感觉出了自己的处境，有种跳进黄河也洗不清的感觉，所以开始有些发急了。

"那就是确定恋爱关系了？"

"算是吧，但她每天都这样来缠着我，我打算放弃了。"耿少道。

胖子的显然没往这么高尚的地方去想，思路永远停留在下半身，说："真没上过床？那她天天都来找你，有时候一天还不止一次，要么精神病，要么就是你始乱终弃。"

耿少对着胖子叹了一口气，让胖子以为自己猜对了。

就在这时，耿少问道："胖子，你知道谈恋爱的时候，最美好的时光是什么时候吗？"

还没等胖子开口，耿少继续道："算了，你也不懂。你知道吗？她想和你上床，你也想和她上床，你们都想和对方上床，却不知道什么时候可以上床。这段时光就是最美的时光。"

胖子显然没有领会耿少爱情观的博大精深，方小山却若有所悟地点了点头。不得不承认，耿少在这方面的确是有自己的独特见解的。

胖子被这一段有点像绕口令一样的话绕晕了，等回过神来的时候，他女朋友站在他面前，一脸愠怒。

"怎么啦？"胖子才刚在耿少那儿缓过点神，又遇到这么一茬儿。

"我给你打了二十多个电话，你怎么不接？"

胖子忙拿出手机，由于晚上跟方小山他们一起吃饭，所以调了静音，一看果然有二十多个电话，瞬间石化了。

其实男女在交往过程中，同样的一件事情，发生在彼此身上，结果是完全不同的。就拿手机调静音没接到电话这件事来说，女生如果手机调静音，然后拿出手机发现男友打来的二十多个未接来电，瞬间就会觉得自己幸福坏了；而如果男生手机调静音，然后拿出手机发现女友打来的二十多个未接来电，瞬间就会觉得自己死定了。

此时的胖子，正是这种感觉。于是，方小山和耿少找借口先行告辞，留胖子一个劲地在那儿给女友点头作揖。

跟耿少分开以后，方小山把车开到了安安家楼下，好几天没见到她了，方小山心里似乎有些想念安安，就跟会经常想肖婷一样，方小山甚至有时觉得自己是个混蛋，他最近脑袋里始终回想着那句歌词，"他答得像个无赖，两个都爱……"

  爬惯了六楼，比起之前，似乎没有那么费力了。敲门，安安穿着睡衣开门，先是惊讶，然后是拥抱和亲吻，像一对许久未见的恋人般。方小山甚至想，过几天肖婷回来的时候，他会不会站在安安这样的位置，跟肖婷做同样的事情呢，可是，又能怎么办呢？

  那天夜里，方小山睡在安安家的沙发上，却始终辗转难眠。据说，夜里睡不着，是因为你醒在别人的梦里。

  看着房间里睡着的安安，方小山甚至都不知道此刻自己正醒在谁的梦里，肖婷还是安安？

  第二天是周末，所以方小山让安安睡了个懒觉，自己去外面给安安买早饭。安安特别喜欢吃小笼包，当方小山买完回来的时候，安安已经起来了，正刷着牙，看见方小山回来，亲了他一下，弄得小山半边脸都是泡沫。

  方小山把刚出笼的小笼包装在盘子里，在两个小碟子里倒了些醋，两人开始狼吞虎咽吃起来，很快就只剩最后一个了，两人抬头对视了三秒钟，方小山突然迅速出手把最后一个小笼包夹了往嘴边挪。在那一刻，安安显然愣住了，却听见方小山接着说："傻瓜，帮你吹冷了，别烫着。"

  最后一个小笼包，安安是伴着泪水吃下的，她甚至觉得，除了父母亲人，世上大概不会再有人对自己这么好了。每个人都希望在最好的年华遇见一个人，可往往是遇见了一个人，才迎来最好的年华。

此刻的安安，是幸福的。

有一些人，他们赤脚在你生命中走过，眉眼带笑，不短暂，也不漫长，却足以让你体会幸福，领略痛楚，回忆一生。

不知道若干年后，安安会不会在异乡想起这样一个清晨，清澈、美好，单纯得好像只有小说里才有，却真真实实地在自己身边发生。

这天，方小山在安安家腻了一整个白天，却在晚饭后，不时地抬眼看墙上的时钟。

肖婷是今晚八点的飞机，到上海。

虽然肖婷说同事有车可以载她到同事家附近，然后她再打车回家，不需要方小山去接，可毕竟半个多月未见，方小山还是想给她一个惊喜。

安安似乎看出了方小山的异动，却没有多问。安安时常觉得，看穿但不说穿，是一种人生哲学，无论是处理感情还是其他事情。

于是，不到七点的时候，安安送方小山下楼。到车边，安安抱住小山，把头埋在他肩膀里，旁若无人地亲吻他。她有一种会失去的错觉，或者，女人把这个叫做直觉。

方小山跟安安拥吻的时候，分明感觉到安安脸上有一丝凉凉的东西滑落，仿佛时间在这一刻静止，管他什么小区里其他车的车灯，关门声，别人惊讶的喊声，还有那一声糅合着诸多复杂情感的叫声。

"方小山。"方小山听到有人叫自己的名字，愣了一下，因为上一秒他还脑袋里一片空白地跟安安拥吻，却在安安家的小区，有一个女声叫自己的名字，转头望去，大大的车灯让他甚至有些睁不开眼睛，车边站着肖婷，没错，就是那个方小山正打算去接的人，呆立，眼神惊恐，泪流满面……

方小山和安安显然都没有料到在这样的一个地方，会发生如此戏剧性的一幕。因为无论从什么角度去判断，都不应该发生的，肖婷不是八点的飞机吗？怎么会出现在这里？

肖婷一步步地走近，安安低下头，方小山显然低估了肖婷的爆发力，正想说什么，嘴唇刚动一下，声音还没从喉咙里发出来，肖婷就道："你别说话，我不想听，你不要告诉我，你们在这里抱着亲着，还只是单纯的同学、兄妹关系！"

说完从那辆车后备厢里取了行李箱，头也不回地转身就走。

方小山似乎也意识到了事情的严重性，肖婷可以容忍任何事情，却唯独不能容忍这样的事情发生在自己身上，这是她的底线，而当她的底线受到挑战的时候，她会毫不犹豫地相忘于江湖。

其实，爱情何尝不是一个江湖。打打杀杀之后，最高的形式是归隐于江湖。找一个人，慢慢变老，生老病死，牵着手，不离不弃，生死相依。可是，方小山却选择了另一条截然不同的道路，于是，刀光剑影不可避免。

方小山三天没有去公司，跟耿少和胖子说自己病了，却拒绝他们来探望。他尝试了所有能想到的方法，却都找不到肖婷。

第三天清晨，方小山从床上起来的时候，去冰箱里拿牛奶，然后倒进杯子里，让那种冰冷的感觉，顺着喉咙食道滑进胃里，然后冲着镜子里满脸胡楂的自己笑了一下，眼泪却流了下来。

安安发了几条短信过来询问情况，方小山简单地回复。此时，他甚至不知道什么对他来说才是最重要的，只是想尽快找到肖婷。

命运像个卑劣的小人完成了他的阴谋，在侵吞了部分善良的本意时，自恶毒中萌发出快乐，倘若他真的是个人的话，说不定这会儿正躲在一个角落偷笑，看两个女孩子的哭泣和一个男人的消沉。

日子还是这样地过，在休息了整整一个星期后，方小山去了公司，依然是满脸胡楂，有些失魂落魄，却在办公室里接到一个短信，是肖婷的。

"我换了份工作，去了一家台湾公司，要去台湾培训半年，我们彼此都冷静一下吧。"方小山如获至宝般地捧着手机，冲出办公室冲着负责台湾自由行的员工叫着，"紫龙，去台湾的话，办证件最快需要多久？"

胖子和耿少显然被吓到了，紫龙更是被吓得不轻，以为老板发了神经，不过靠着过硬的业务素质，在受到如此大的惊吓后，仍从容地回答："雅典娜，去台湾有点特殊，不像香港那样简单，需要两证一签——办理入台证和大通证，还要一个G签注。一般的流程大概需要三周左右，我们这边如果你要办的话，我跟供应商要求办一个加急，用最快速度的话，大概两周不到就可以出来。"

"等一下你把需要什么材料告诉我，帮我尽快办理一下。"方小山的想法比较单纯，觉得肖婷去了台湾，自己去那里一定也能找到她。他甚至都不知道肖婷什么时候去，去台湾哪里。

等到缓过神来，才想起回复短信："台湾哪里？什么时候去，我来找你。"

他甚至都没说要去找她干吗，解释？这事其实已经没有什么好解释的了，方小山只是想跟肖婷面对面地聊聊，至于结果，谁也不知道。

"下周就去台北了,你别来找我了。半年后,我回来,我会来找你的,我们都冷静一下。"肖婷的短信不带一丝情绪,让方小山有点摸不着头脑。

在办证件的这几周里,方小山经常去看安安,却不进门,只是在那条能看见星星的走廊里坐着。安安沉默的时间也越来越多。其实,很多事情没有对错,即便当时不发生,到了一定的时间总会发生。

"我后来从她同事那里知道,原来,她的飞机实际是六点到上海,她之所以不要我去接她,是想八点的时候,能出现在我家门口,给我个惊喜,她同事跟你住同一个小区,那天她同事把她带到家附近,她正打算在车上取下行李,然后打车去我家,没想到,却在小区里看到了我们……"方小山把事情的原委告诉安安。虽然大家都知道这事情是怎么发生的已经不重要了。

"对不起,小山哥哥。"安安一直以来都这么称呼方小山,"你去跟肖婷解释一下吧,我不会再打扰你们了。"

安安选择了退出,其实这样的事情,总有一个人要退出,"跟你在一起的这段时间,我已经很快乐了。我不知道以后还会不会遇到这样一个人,对我好,关心我,跟我一起看星星,但是,很多事情不是你想选就能选的。"

从安安家出来的时候,方小山抬头看了眼星星,他不知道以后会是谁陪着安安看星星，给她买早饭，帮她吹小笼包，他甚至时常会想起，在母校的那些时光。那时的他和安安，心里都揣着大家心知肚明的小暧昧，却谁也没有将它捅破，而是任由这份单纯美好的感情直到毕业多年后才发酵出来。方小山有时在想，如果在学校里就跟安安在一起，现在的自己会是怎样？！

当方小山拿到公司为他订好的机票的时候，有种恍惚的感觉，不知道对于自己来说，这是一次漫无目的的旅行还是一次追寻？

落地桃园机场的时候，天空下着小雨，从机场出来，街道清冷，打车至预定好的酒店，前台笑容温和亲切。

干了旅游这一行以后，方小山和肖婷曾给他们的蜜月规划了很多的目的地，台湾就是其中之一。而命运的弄人之处却在于，两人都来了台湾，却不是一起来的。

台湾是个很适合方小山的地方，空气里都弥漫着一股文艺气息，街道干净，每个人都是微笑的，去7-11买东西的时候，服务员会用带有台湾腔的普通话问好，台湾的女生，温柔、知性，这是方小山的第一感觉。

到台北的第三天，方小山开始形成自己的生活习惯，总是在晚上七点的时候，在信义路找一间小咖啡馆坐着，要一杯拿铁，坐在窗边，看着街上的人来人往，然后在九点多的时候起身离开，回酒店的路上，顺路在转角的7-11买一罐啤酒。

方小山甚至有一种错觉，自己是来旅行的。只是，就像台北的天气一样，这样的旅行稍显孤独、萧瑟。

最近几天，方小山时常想起《倩女幽魂》里的一句台词，世间所有的事情，都要我们做出选择。正如一份感情，结束的时候，要么是你忘记她，要么是她忘记你。

此刻的肖婷，会真的忘记了自己吗？

方小山只在到达台北的当天给肖婷发过一条短信，把酒店地址告诉她，却如同石沉大海，再也没有了回音。

肖婷的静默突然让方小山恍然大悟，安安当时的沉默和安静，其实何尝不是内心的一种挣扎，当一个女人变得安静，那就意味着她在逼着自己放下。

到台北的第七天，方小山在咖啡馆里又给肖婷发了条短信，"我每晚七点都会在信义路和敦化南路口的那间星巴克，九点离开，我的签证只有十五天，我会在那里等你，直到我离开。"

他发这条短信的时候，肖婷正站在路口远远地看着方小山，没有扎辫子，任由长发披在肩上，太平洋的风夹杂着一些咸味，轻轻吹拂着这座城市，也让肖婷的长发，轻舞飞扬。之于肖婷，方小山在她心里一直是个可靠的男人，可是，那天自己亲眼见到的那一幕，让她至今想来仍心有余悸。那天以后，她总是不停地问自己，如果连方小山都变成这样，那世间，她还能信任哪个男人呢？难道要这样孤独终老？

或许慢慢的，肖婷也意识到躲避并不是一个好主意。肖婷是在晚饭后，去了方小山入住的酒店，刚走到前台，就看到方小山从电梯里出来。于是，远远跟着，看他进咖啡馆，正犹豫要不要走进去的时候，收到方小山发来的短信……

当她开始慢慢靠近的时候，甚至没想过，应该摆一个怎么样的表情给方小山。很多事情既然发生了，就不可能从记忆中抹去。只是，她需要一个解释，虽然很多事情，看似那么的无需解释。

肖婷穿过一个路口，慢慢走近咖啡馆，突然，看到方小山正对着一个女孩子说话。

此刻的方小山，心情极其复杂，因为肖婷看见的女孩子，正是安安。

"你怎么会在这里？"方小山看到安安，下意识地看了眼手机，确定短信没有发错，刚发了短信给肖婷，却把安安招来了。

"我问了你公司同事你住的酒店地址，然后跟来了。"安安把双手背在身后，一副俏皮的样子。

方小山有些不置可否，显然他没有思想准备，会在这里遇到安安。安安之前说要退出，让方小山觉得命运弄人，可是，安安现在又来找自己？

安安仿佛看出方小山的疑问，道："我觉得我应该来争取一下，我从小就不喜欢跟人争吵，小时候不喜欢跟人抢玩具，长大以后，也尽量避免那些办公室政治。可是，遇到你以后，我觉得我应该尽最大的努力，给自己一个交代。"

方小山觉得有点混乱，其实，很多事情并不是安安和肖婷所能决定的。三个人之间的感情，需要由方小山来做一个抉择，做一个了断。

肖婷呆呆地站在落地窗前，看着咖啡馆里的两人。

然后理了理头发，径直走了进去……

我们终于来到以前憧憬的年纪，却发现已经有人订婚、有人结婚、有人出国，有人生活顺利、有人坚持梦想、有人碌碌无为……就像是一个分水岭，毕业时的那个蓝天早已消失不见，那个和你在操场边说着要一起走到未来的人，不知道还是否会在你身边。看着窗外的天，突然就黑了，感觉像我们的青春，突然就没了……

TWO

"终于要去读MBA啦。"

何东看到朋友圈里好友的这条消息的时候,表现出了从未有过的不淡定。

当年本科毕业的时候,大家都去创业。甚至有一段时间,何东的公司就开在这个朋友的店铺边上。只是,后来何东的公司倒闭,休整了一段时间后,再开始第二次创业,而此时此刻,经过之前的一番努力,当然再加上不错的运气,他虽不能说事业有成,但至少也是有一定身价,在圈子里人脉颇广。

在这几年里,何东工作、娶妻、生女,似乎生活像公司的业务一样,褪去了激情,进入一个稳中有升的时期,即便有升,却也难掩平淡。

而去读书这样一个念头,就像往本来已寂静的湖面里扔进一颗小石子,即便没有激起多大的波澜,却终究打破了原有的宁静。

于是,何东开始了解考试政策。学费复旦最贵,20.8万,交大其次，18.8万。何东一向觉得非这两所上海排名前二的MBA院校不上，当然，对于平时不藏私房钱的何东来说，这笔读书的经费需要先得到老婆的首肯。

于是，他早早下班，买了很多老婆喜欢吃的菜，然后去幼儿园接女儿放学，特意把女儿送去父母那边住一晚，好让他有足够的时间跟老婆商量，哦，不，跟老婆汇报这个想法。

很多人都认为上海男人普遍怕老婆，何东一直觉得这是个谬论。电影《叶问》不就做了一个很好的解释嘛：不是怕老婆，是尊重老婆。

老婆赵静回家的时候，看着满桌的菜和红酒，还有那颇具情调的蜡烛，非常不配合地点亮了客厅的灯："何东，你搞什么名堂？"

赵静用所有的脑细胞都想不起来今天是什么特殊的日子或者周年纪念日，何东从厨房出来，赔着一脸笑容，"回来啦？你看，都是你喜欢吃的。"

赵静显然没有把这些作为重点，面对今晚何东的反常行为，坐下来盘问道："你小子是不是干什么坏事了？"

何东把头摇得跟拨浪鼓似的。

"你出轨了？"

摇头。

"公司倒闭了？"

摇头。

看着赵静越猜越离谱，何东忍不住道："都不是啦，不是什么大事，就是我看我大学同学去读MBA了，所以我也想去参加考试，读一个。"

"嗨，多大的事儿呀，我以为这阵仗是要发生多么惊天动地的事呢。"赵静一下子整个人放松了许多。在她看来，偷懒惯了的何东，今天摆出如此殷勤的架势，一定是发生了什么很大的事情。

听赵静这么一说，何东也以为这事就这么迎刃而解了，立马更殷勤地端杯倒酒。

席间，何东试探性地问："老婆，那学费，到时候要跟你申请一下。"

赵静显然被今天何东的优良表现打动了不少，顺口回了一句："没问题，读书是好事啊，多少钱？"

"便宜的18.8万，贵一点的20.8万。"

听到一半的时候，赵静已经把嘴张得很大了："我以为也就三五万的事儿，要这么贵啊？"

可见，取悦一个女人是多么的不容易，何东想，晚上大献殷勤，竟然还是不行，从前不是有人这么说嘛，如何取悦男人？

答：裸体出现，再加一瓶酒。

如何取悦女人？答：成为朋友+爱人+厨师+水管工+心理医生+爱干净+有同情心+体格健壮+热心+细心+勇敢+聪明+有趣+温柔+善解人意+有激情+经常赞美她+爱逛街+富有+不要给她压力+不要看其他女孩+多关心她+少索取+多给她时间+多给她空间……

所以，何东自以为成功了，却在半路功败垂成。

"现在商学院都是这个价格。"何东道。

"这也太贵了吧，你年初刚换了一辆车，又投资了一间商铺，现在要拿20多万去读个书，你看，要不要再考虑一下？"赵静温柔地笑着，何东却感觉心里哇哇的凉。

很多时候，因为意见不合，夫妻间有争论是在所难免的。

何东是圈子里出了名的"尊重"老婆，他经常挂在嘴边的口头禅是："意见一致的时候，我说了算；意见不一致的时候，老婆说了算。"

但是今天晚上，何东不知道为了什么，竟然有点生气。其实，女人会攀比，男人又何尝不是呢？每个人都有虚荣的天性，只不过有些人伪装得好，有些人比较外显罢了。

此时的何东，却像受了莫大委屈般，开始喋喋不休。而赵静却没有敏锐地洞察到这一点，反而说道："我等一下去网上查一下，应该有更便宜一些的商学院吧。"

终于，压抑许久的何东，把小声的喋喋不休，变成了大声的叫喊："我说了，我就要读那两个学校，其他的就算免费我也不去。"

然后一甩手，走出了家，把身后的门碰得震耳欲聋。

这还是婚后何东第一次这样，赵静被吓了一跳。男人和女人吵架，只要男人的声音一抬高，这个时候吵架的原因就已经不重要了，因为后面全部的过程就变成了："你居然敢吼我，你再吼我一句试试？"

当然，在赵静还没来得及做出这样的反应时，何东已经走到楼下了。他也不知道自己该去哪儿，只是觉得从未有过的生气和被羞辱的感觉。

其实，很多时候，男人把面子看得比什么都重要。

赵静虽然被眼前的一切搞得有些手足无措，却很快冷静了下来，先把碗筷收拾好，然后拨了何东的手机。何东还在气头上，没有接电话。

过了一会儿，何东收到一条短信："老公，赶紧上楼，我们研究下，复旦和交大哪个学校更好些。"

什么是范儿？这就是范儿！

什么是夫妻间张弛有道的艺术？这就是艺术！

何东看到这条短信，就屁颠屁颠地上了楼。

当然，赵静作为一个高学历的知识女性，大学思想政治课可不是白上的，深刻领会毛主席的"敌进我退，敌退我进，敌驻我扰，敌疲我打"的精髓，同时，将"诱敌深入"的战术运用得出神入化。

半小时后。

赵静坐在客厅的沙发上看电视，看了一会儿转头对何东说："站着吧。"瞬间何东的小暴脾气就又上来了，好歹也是一家之主，怎么能任由老婆摆布，所以霸气地回答道，"没事，我再跪一会儿……"

在被老婆收拾了一顿以后，何东乖乖地坐到电脑前，赵静道："考试政策你已经了解了，目前上海前三名的MBA院校分别是复旦、交大和华师大。学费上我也不跟你啰唆了，因为要全国统考和院校提前面试，而且有英文面试，只要你能考上，学费我这边不给你设障碍。"

听赵静终于松口，何东也释然了。当然，英文面试对于他来说，的确是个老大难的问题。从赵静戏谑的眼神里，何东分明感觉到了那种轻蔑。

不过说实话，MBA需要参加国家统考，笔试科目包括数学、逻辑、作文的综合考试和单独一门的英文考试，每个学校都会有提前批面试，根据面试的等级划分，你是否能以国家线入学，还是要以更高的分数才能入学。

对于大学毕业这么多年的何东来说，这无疑是一个挑战，而且时间也成了一个大问题。一般统考是每年的一月份，而此时已经是五月份。也就是说，满打满算，何东只剩下半年的复习时间。每个学校的提前批面试一般安排在七月或者八月，已经迫在眉睫。

况且何东白天光张罗公司的事情就已经分身乏术了，晚上女儿在家的话，基本上没时间看书复习，于是，何东开始了一种奇怪的作息方式，每天早上五点就起床，看书，做习题，然后晚上从十点复习到十二点。

七月的时候，何东专门凭着人脉关系找来了西门子公司的中国区经理为他写了封推荐信。但是由于考虑到复旦在杨浦区，离他住的徐汇太远，等于横穿整个上海，放弃了。所以，后来交大安泰成了何东力保的选择。

提前批面试那天，何东早早来到考场，看着同学们个个西装笔挺的样子，何东心里未免有些紧张，毕竟自己只穿了件衬衫来，这么热的天，也亏得同学们这么熬得住，都穿正装过来。

面试经历了两个小时，从考场走出来的时候，何东发现衬衫后背早已湿透，不知道那些西装革履的同学们出来的时候会怎么样。

为了保险起见，何东又去了华师大的MBA面试。

一月初的全国统考,考场在上师大。从何东拿到准考证那天开始,就觉得这次考试应该没问题。在母校考试,再怎么说,好歹也占个天时地利的优势啊。

于是,何东开始边复习边规划,考完第一门在哪里吃午饭,在哪里背下午英文考试的作文模板,什么时候喝参茶,什么时候喝白兰氏,哪里上厕所最顺路最不占用时间,这些,何东都进行了周详的规划。

若干年后,何东回忆起当时复习备考的日子,只记得考试前的一周,他窝在父母家里,让爸妈搬到自己那里去住,他则一个人整整一周都待在那里复习,门都没有出去过。每天的早饭是饼干,中饭和晚饭是速冻水饺。

很多年后回首往事,何东才发现,其实,他早该想到的,上天不会安排他去交大,因为上天想让他的两所母校,都是师大……

拿到录取通知书那天,赵静的眼神有些异样,仿佛是在对自己预言的准确性进行骄傲的宣告,我就说吧,别天天在那里叫嚷着非这两所高校不上,在这个世界,永远不要把话说死,因为谁也不知道下一秒会发生什么。

其实,何东始终觉得那时的自己太年轻,太执著,经过这么一次以后,他突然有些开悟。如果没有痴迷过黑暗,被它反复撞击到片片破碎，不可能放下执著。

接下来就是拓展，过了暑假，就要入学了。

这是何东本科毕业后的第八年，何东甚至想都没想过，自己会以这样稍显正式的身份再次踏入校园，去完成一个两年半的校园生涯。何东也未曾想过，原来，很多东西，一个微小的变化，会改变他的一生。

八月的时候，分班完毕，各班都开始相应地组织活动。他在一班，八月四日，班级组织KTV唱歌，这是同学们的第一次见面。

当时现场来了二十多个人，其实，他们班一共六十多人。所以，这个世界上，总有人会很忙，会很多借口，会有更重要的事去做，这是那天给何东留下的第一印象。

第二印象就是，何东发现MBA的班级里并不是如他一开始所想，都是一副学究的模样，至少，他在人群中捕捉到两个美女的身影。

何东是1981年出生，班级里除了部分同学，多数都比他小，很多同学都还没有结婚。这时候，何东才发现，为什么这样的学校里班级活动如此之多，是因为，很多时候班级活动联络的并不仅仅是友谊。

当然，当看清楚这一切的时候，他心里其实有些怅然若失，仿佛后面的活动，跟自己并没有多大关联似的，人家是搞单身男女聚会，你一已婚已育中老年人，瞎掺和什么呀。

何东清楚自己用实则关上一扇门的姿态开了一扇窗，迎着他的眼睛吹来的风，很干净，没有沙尘，但它充满了放弃与失望的味道，已经足够在眼角熏出一些懊悔的潮湿来。

不过，作为商学院来说，很多活动颇具意思的原因在于，大家都会假模假样地以谈合作、资源整合的名义，小圈子喝茶、喝酒、喝咖啡，聊一些看着很高端的话题，却在付账的时候，开始有人假借上厕所的名义，十分钟后才回来，末了还特大声地喊："哎呀，你怎么就付了呢，说好我来的嘛。"

这样的场景，让何东联想起一件往事。那时候还在读高中，两个西装革履的男人，一前一后，一个掏出皮夹，一个从兜里拿出钱，"王总，我来，我来。"

另一个也不甘示弱："张总，上次就是你付的，这次怎么说也得我来。"

俩人推搡之际，有人发话了："到底上不上车？不就两块钱的公交车票嘛，至于嘛。"

当然，何东在认清了一些东西以后，也逐渐形成了属于自己的小圈子，朋友们虽不是大富大贵，但都非常真诚，这对何东来说，是值得庆幸的地方。

几个朋友都爱摄影，于是，在八月末的时候，去了嘉定摘葡萄，顺便外拍。清晨在学校门口集合，然后一起开车过去。

何东到达的时候，很多人都到了，相互打招呼，却发现一张陌生的脸。

那张陌生的脸其实何东见过，之所以说陌生，是为了凸显班级活动那天并不是光盯着美女看的。

倒是女孩子比较大方，走过来道："你好，何总，我是2班的佘雅静，之前你们班级活动我也来参与过。"

何东这才知道，这个美女并非跟自己同班，看着开宝马5系的佘同学，何东的心像是被什么东西撞了一下，有种奇怪的感觉，只不过这种感觉转瞬即逝。

世界上根本没有一见钟情，所谓的一见钟情，不过是你遇见了那个你一直想遇见的人。

但何东目前所处的处境，却由不得他胡思乱想，何东从来认为男人都是好色的，男人不出轨，只有两种原因，一是没本事，没机会出轨；还有一种是，觉得出轨的风险太大，也就是所谓的出轨成本太高，作为一个理性的成年男人来说，会三思而后行。

那天外拍的时候，何东的脑子里有些乱，只记得午饭的时候跟佘雅静正巧坐在一起，何东依旧靠着他的冷幽默，调笑着一些东西，却没有跟佘雅静单独说些什么，谁说男人不会害羞。

摘葡萄活动让几个朋友间更加熟络了，当然，也包括跟佘雅静。大家很自然地加了QQ，时而有一句没一句地聊天。

何东有时主动找佘雅静聊天，对方却有一句没一句地回着，态度有点冷淡，其实，何东也没什么目的，能在上班闲暇时跟一个美女聊上几句，总是件让人愉快的事。

快开学的时候，何东家所在的小区发生了一件事，跟何东有关。

一日早晨，何东像往常一样，送老婆去上班，却发现停在楼下的汽车后窗玻璃被砸得粉碎，汽车的后座上，像冬天雪地里的冰碴那般闪烁，让人眼睛不自觉地眯了起来。

"凶手"是半个西瓜皮，没错，不是西瓜，只是半个西瓜的皮，伴随着跟玻璃的碰撞，后座上也散落着一些红的绿的，煞是好看。

即便何东见过很多世面，但作为一个开了六年车，连擦碰事故都没有的驾驶员来说，还是第一次看到自己的车竟然会遭受这样的变故，于是，叫来物业公司，报警，去警察局做了份笔录，然后通知保险公司。

很多人或许会觉得，这种事情只要能进保，实在没什么好烦心的。只是，他们不明白，对于一个开惯了车的人，自己的车进了维修厂，对他来说是多么痛苦的事，而且，这仅仅是个开始。

保险公司来了定损员，看了下现场和警方的笔录，觉得没问题，可以进保，然后就是登记行驶证等。

"何先生，您的车辆行驶证和驾驶证都已经过期了，过期快一年了。"定损员眼也没抬地说。

"什么？"何东发现最近他的人生总是不期而遇一些始料未及的东西。

定损员依旧那个表情，仿佛见惯了凶案现场的老练干探一般，用一种不屑的表情，掩盖着内心的波澜壮阔。

何东接过驾驶证，忘记了年检，过期半年多了，行驶证更糟糕，过期十一个月，何东额头微微冒汗，一个劲地庆幸，幸亏之前没发生过什么事故，否则自己就是无证驾驶，这件事情的结果就是让何东在以后的日子里，经常强迫症似的去查看自己的证件有没有过期。

这件事的另一个结果，是让何东更加确信，什么时候所发生的什么事，都有它的用意。如果不是这次车窗玻璃被意外砸碎，他还不知道要无证驾驶多久。

证件过期车辆就没办法进保了，于是，何东自己掏钱在4S店修了车窗玻璃，何东用一种塞翁失马的心态安慰着自己，让后面几天补年检，补证的过程都看着没那么难熬。年检还相对简单，在车管所的门口找了个黄牛，花了三百块，半小时后车就出来了，行驶证也好了。

只是驾照比较麻烦,过期得比较久了,连黄牛也搞不定,必须重新考科目一,就是那个该死的理论知识,于是去了闵行的车管所预约考试,让何东没料到的是,这个考试被预约到了一个月后。也就是说,这一个月里,他将不能开车上路,否则一旦被查,就是无证驾驶。

人是一种很奇怪的动物,在不知道驾照过期的时候,每天还是乐呵呵地开车上路,过期了半年多,也就那样。可是一旦知道,心里就产生了畏惧感,所谓的无知者无畏,大抵也就这个意思。

第二天,何东的QQ签名档变成了"驾照过期,求安慰"。

半小时后,平时不怎么联系的QQ好友都发信息来询问情况,有幸灾乐祸的,有关心的,有要提供帮助的。这众人中,也包括佘雅静,她问何东:"有什么可以帮你的吗?"

何东内心一阵温暖,当然,那是当时的感受。后来熟悉了以后,才发现,天秤座的佘雅静,对每一个朋友都是这么热心帮忙,会经常做糕点给大家吃;会在下课后,送怀孕的女同学回家……

何东没有正面回答,毕竟,彼时跟佘雅静也没有这么熟,于是回复道:"谢谢你,我没事,如果有急事就打车,要不然偶尔无证驾驶一下应该问题也不大。"

"无证驾驶可不行！"佘雅静的反应有些激烈，"新的交规出来以后，处罚很严厉。"

佘雅静说得不无道理，但是人有时候不是因为知道不对就不会去做，每个人都有侥幸心理，如果明知道是错的就不去做的话，这个世界上估计百分之八十以上的犯罪都不会发生。

何东有些不置可否，于是回复了"呵呵"。

网络聊天的时候，对于回复"呵呵"的人，大家应该是最不喜欢看到的，这两个字的含义，似乎是跟对方已经无话可说了。

佘雅静也意识到了这点，半晌没有再说话。何东以为她生气了，正不知道该怎么继续跟她聊下去的时候，佘雅静的头像又开始闪烁起来。何东忙点开，跳出一行字：

"那这几天我来接送你上下班吧。"

何东当时就惊呆了，只见过两次面，且之间也没什么交流，因为自己刚改的QQ签名档，以及一句玩笑话，人家就要接送我上下班，而且要持续一个月？

何东定了定神，回复道："谢谢你的热心。但是……我要一个月后才能考试拿驾照呢。"

何东的意思再明显不过了，是要让佘雅静明白，这事儿并非就这么短短几天，而是要持续一个月。再说了，他怎么好意思让人家每天接送上下班呢。

"对了，你住哪里？"佘雅静不以为意，继续问道。

"万体馆这边。"何东回复。

等了一会儿，佘雅静的消息来了，一个大大的笑脸，"我住慈云街。"

好吧，邻居啊……

何东不知道原来世上还有这么凑巧的事。其实，何东并非每天都需要去公司，于是问道："你接送我会不会耽误你上班时间啊？"

"我也是自己的公司，所以只要不是有紧急的事，时间上都可以的。"

何东打心里佩服这个姑娘，年纪轻轻自己创业，开好车，还这么热心地帮助别人，何东突然觉得佘雅静充满了正能量，顺带对其他同学的好感也增加了不少，仿佛能跟佘雅静做同学的都是好人一样。

何东没有把这事儿告诉赵静。一来怕赵静胡思乱想，二来也不希望给佘雅静带来不必要的麻烦。

于是，后面的几周里，出现了一个有意思的场景，一辆白色的宝马总会在上午九点左右停在小区门口，何东屁颠屁颠地下楼上车，扬长而去，然后在下午四五点的样子，何东再从车里出来。

因为两人都不用坐班，所以自由时间比较多。何东有时候会邀请佘雅静一起喝下午茶,于是,那辆小宝马记录着他俩的悠闲时光。他们经常去的地方是思南公馆,觉得新天地太俗,国金又有太多的商业气息,而在思南公馆的café,天气好的时候,能够在户外坐上一个下午,随意地聊天。

那日何东被送回家以后,跟往常一样上楼开门,赵静早已到家了,看到何东的时候,表情有些不自然,"我刚看到你从一辆白色的车里下来啊。"

终于,赵静忍不住先开了口。何东对赵静太了解了,她是那种心里憋不住事儿的人,有什么事情,一定不会放过夜,所有的事情,都在脸上写着呢。

这就是何东不愿意把佘雅静接送自己的事告诉她的原因,谁知道她会往什么地方想。当然,有一点何东忽略了,那就是如果事先没告诉她,等她自己发现的话,结果可能会更糟糕。

很多事情越描越黑,就是这样。很多时候,夫妻中的一方会自以为是、自负地去处理一些事情,觉得这样一件本来就没有什么的事情,如果被另一半知道,会很烦,会需要解释,会引起一些不必要的误会,所以就觉得不告诉另一半,但往往,这样的自负是要付出代价的,当试图掩盖的真相被发现时,换来的是跳进黄河也洗不清的绝望。

"哦,是我同学,因为我今天正好在QQ上跟她说起,所以顺路带我回来,她家就住在慈云街。"何东依旧觉得没必要把所有的事情都告诉赵静。况且,一个女生风雨无阻地每天接送你,你要说只是普通同学关系,该解释多久才能解释清楚啊。

不过马上,何东知道自己又错了。因为赵静说道:"就今天?我今天碰到小区保安,他们可是说,你老公现在配司机啦,一辆白色宝马天天早晚都来接送嘛。"

何东和赵静刚结婚的时候,就说不许欺骗对方,有什么问题及时放到台面上沟通,不能憋在心里,何东最讨厌人家骗他,所以才会在刚结婚时,就跟老婆订下这样的原则。讽刺的是,人们最厌恶的事情,往往最得心应手。

赵静说完冲何东笑了一下,脸部肌肉有些抽搐,既热情又冷漠,犹如一块绷带已经脱落了一半,而她把它从胸口拉走的速度却快不起来。它还是要一点一点,用分毫的距离,刺激着何东有关痛觉的神经。赵静就用这份刻意的表情,聚精会神地观察何东小规模的血肉模糊。

何东显然没有料到赵静还有这一招,他以为再随便编一个谎言就能糊弄过去了,却没想到,正是这一个又一个拙劣的谎言,把自己一步步地逼近了深渊。

如果说不想告诉赵静,是因为害怕她多想,避免不必要的麻烦的话,那么,何东的这两个谎言,却犹如为这件事情做了最好的注脚。此时，换作任何人，如果你说这件事情没有任何蹊跷，是不会有人再相信的。因为但凡你再解释，说之前没告诉她，是为了不让对方胡思乱想的话，那么，对方马上就会拿出刚才的那两轮谎话反驳："如果没有问题，那你为什么现在还在骗我？！"

此时的何东，心里的痛楚被另一种宿命感般的无奈与懊悔狠狠地揪成一团，"呵呵"这是何东唯一能够发出的声音。像极了想抄一条近路，却在拐弯后发现前方是死胡同时会发出的声音。养了很久的植物，发觉它烂了根，只有叶片部分假装还存活着时，会发出的声音。算了一道过程繁杂的题目，信心满满却依旧被判定答案是错的时，会发出的声音。

赵静见何东冷笑了一下，老半天不说话，以为自己确实发现了事情的真相，以为自己比"真相只有一个的柯南"更具洞察力，比福尔摩斯更具推理能力一般，开始有些骄傲起来。其实，这种心态是奇怪的，以为发现自己老公出轨，在第一时间，凭着她的聪明才智，果断让老公哑口无言、无声地默认，却往往忘记了，如果事情真的发生到了这一步，究竟又是什么让事情会走到这一步的呢？

人总是这样，对于亲近的人太苛求，对陌生人却显得过于宽容。

"那随你怎么想吧。"何东见解释已经没有用，而此时的他，显得孤独、无助，他只想找一个地方，安静地坐一会儿。或许，这也是这个上海男人长时间被家里的妻子压抑得久了以后的反应吧。

末了在他关上房门的时候，从紧咬的牙关处，发出了几个字："你自己看着办吧。"他不怕直接亮出最虚弱的底牌，从此往后的一切都有了孤注一掷和绝地反击般的凛然。

此时的赵静，却像是受到了极大的羞辱般，半蹲在地上，在她看来，这是挑衅，这是有了新欢后的无所谓，这是有了小三后男人的有恃无恐。她仿佛听见自己身体里发出难以遏制的哭腔，宛如吃到了辛辣的食物，产生痛觉的却不只来自唇齿。

那一晚，何东将书房的门反锁，没有出来。赵静在哭过之后，心底渐渐起了异样的变化，把本来是很简单的事情，想成了对方老谋深算的阴谋和有了小三之后，对结发妻子的始乱终弃。因为在赵静眼里，何东这个典型的上海男人，是不会对自己这样的。结婚这些年，从来都只有赵静吼何东的份儿，哪容得上何东先发制人。

往往很多事情，就是因为这样的压抑太久，产生了变化。而赵静却把之前何东的忍让，看成是理所应当。此刻何东正常的反应，也变成了疑人偷斧故事里那个遗失斧子的邻居。

曾几何时，我们已经习惯了不该习惯的习惯，接受了那些不想接受的接受。

何东在书房的沙发上对付了一夜，第二天起床的时候，赵静已经出门去上班了，没有像往常一样给他做早餐。何东冲着镜子里的自己笑了一下，以前是出了名的怕老婆，但是，当自己真的跨出反抗的第一步时，犹如一个破罐子破摔的人，一旦学会了破罐子破摔，你会发现世界豁然开朗。

快到九点的时候，何东跟往常一样下楼，他从窗户里看到，那辆白色的5系宝马已经停在小区门口了。

就在何东从电梯里出来，正往小区门口走的时候，发现那辆白色宝马的边上，竟然站着一个熟悉的身影，没错，是赵静。

何东这才感觉到事态的严重性，看来赵静这次真的以为自己跟佘雅静有一腿。这再一次证明，女人到了某一个时刻，是多么的可怕。

何东远远地看着赵静，她正以一种看热闹的表情和眼神，望着离她几米远的那辆车。她没有上前，而是站在那里，似乎在等着什么。何东突然明白，她是在等自己过来上车。何东突然觉得脑袋"嗡"的一下，他甚至都不敢想象，一会儿自己走到车旁边时，赵静会不会一个箭步冲上来，然后大声叫嚣着他和佘雅静这一对"奸夫淫妇"呢。虽然赵静出自书香世家，父母都是知识分子，照理来说，不太会出现这样的场景，但是当一个女人觉得自己的主权和领土都被侵犯的时候，她所能做出的事情，是无法估量的。

何东看着赵静，突然觉得眼前这个女子变得陌生起来。曾几何时，她的笑容还是那么甜美，还会撒娇，经常会等晚上哄女儿睡着以后，用半个多小时试明天要穿的衣服，还会来询问何东的意见。可是，现在的赵静，只剩下那副挑衅的眼神，和唯恐天下不乱的嘴脸。

何东没有再继续走过去，因为他知道，如果自己走过去，争吵在所难免。一方面会让佘雅静很难堪，人家好心接送你上下班，却莫名其妙背个小三的骂名，另一方面，何东觉得，这样的争吵根本没有意义，就像冲镜子挥舞爪子的小猫，永远也等不到胜负分明的那一天。

何东掏出手机，拨通了佘雅静的电话："雅静啊，我何东啊，我从窗口看你车子已经到了，实在不好意思啊，刚有点拉肚子，半小时里拉了好几次了，今天我不去公司了。"

佘雅静往大楼方向看了一眼，很平静地回答："哦，那你好好休息吧，我走了，拜拜。"

挂上电话，何东长长地舒了一口气，然后转身上楼，赵静在这时候发现了何东，气鼓鼓地向他冲过来。

"怕了是吧？怕你当初就别做呀，现在敢做不敢当了是吧？"这种近乎泼妇骂街的形式，让何东有点心灰意冷。当然，何东也知道，赵静是在保卫自己的爱情，所以才会如此丧失理智。只是，她这样做，究竟是把自己往外推，还是往里拉呢？

何东没打算在大庭广众下跟赵静争什么，于是快步走进电梯，然后开门进屋，赵静紧随其后。

"看到我就不敢出来了是吧，让人家先走了呀，今天怎么就不搭你这个同学的车了呢？"说到"同学"两个字的时候，赵静特别加了重音。

何东知道到了这样的境地，再怎么解释也是没用的了，但是，如果任由事态发展下去，估计场面很快就难以掌控了。

于是，何东决定理性地面对这件事情，何东一直深爱着赵静，但不知道她为什么会变成现在这个样子。

"我们坐下来好好聊一下吧。"何东看似商量的语气，实则说得斩钉截铁。

赵静愣了一下，在她心里，已经咬定何东是出轨了，所以心里充满了烦躁不安，她本以为何东要么会继续跟自己冷战下去，或是跟自己大吵一架，可没想到，进了家门，迎来的第一句话是这样，像极了刚认识他的时候，稳重，但充满温柔。

赵静把怒气暂时搁在一边，然后瞪着眼睛坐了下来，何东见赵静冷静下来，也搬了个椅子坐下，什么也没有说，只是愣愣地看着赵静，眼神温柔，没有挑衅，没有埋怨，只是温柔的，似在回忆往事，又似表白之前。

"我记得，我们刚认识那会儿，你说什么、做什么都很会发嗲。"何东边说边笑笑，仿佛这一切仍在眼前，结婚几年后，时间已经无可争议地把关键字一个个抹去，留在何东脑海里的，满是空白的横线，一条条地蚕食着他曾经百般迷恋的世界，"结婚以后，你为这个家付出了很多，照顾我，照料孩子。"

何东说到此处，竟然有些哽咽，赵静刚开始是以一种"看你耍什么花样"的心态来听何东说下去，但是何东的每句话，却都是真情实感，毫无矫揉造作，让赵静的心为之一软。

"我在外做点生意，多亏了家里有你的帮衬，只是，社交圈大了，终究躲不开会引起些误会。"何东接着说，赵静把嘴张开，正欲说几句的时候，何东摆了下手，示意让他说完，"佘雅静是我们MBA隔壁班的女同学，没错，长得挺漂亮。但我跟她真的没什么，只是这段时间接送我而已，等会儿我把QQ聊天记录给你看，你就知道事情的原委了。"

赵静没想到何东会如此开诚布公地说这件事，而以赵静对何东的了解，此时的他，绝对没有骗人。

何东接着道："我知道那天你听小区保安说了我有车接送，

自己又亲眼验证后，一定觉得我没有告诉你，是因为心里有鬼，有猫腻，对吧，你知道在你认定这件事情是我出轨以后，我有多无助，我实在无法相信，自己一起生活这么多年的妻子，会因为旁人的几句话，和一幕眼前的场景，就这么认定我，不给我解释的机会，或者，根本不相信我。"

听着何东声泪俱下的这些话，赵静也哭了，她发现自己似乎钻进了一条死胡同，不管不顾任何路标，一头扎了进去，正在赵静有些懊悔自己不应该如此武断时，何东打开了电脑里他和佘雅静的聊天记录给她看，同时打开手机，给她看短信记录。

此时的赵静，似乎一切的所谓"证据"对她来说已经没有任何吸引力了，她深爱着眼前的这个男人，所以才会如此失态，如此难过，如此患得患失。

赵静没有把眼睛看向电脑和手机屏幕，而是看向何东的眼睛，何东有些诧异，不明白赵静到底想干什么，不过随即，何东从赵静的眼睛里，看出了与之前的不同，他走过去，把赵静揽入怀中。

其实，很多时候，两口子的事情很简单，或许要的只是其中一个理解的眼神，另一个马上心领神会就可以了。何东回忆着他俩的过往，他们大学时候就走到了一起，那时候的赵静，二十岁出头的她像个刚刚被切开的橙子，散发着鲜美的汁液和夸张的香，在一起这些年，虽没有夸张得变成黄脸婆，但岁月却把眼前这样一个女子，变成了另一番模样。何东怜爱地看着赵静，用手轻抚她的背，她把头靠在他宽厚的肩膀上，像个孩子般，轻轻摩挲，似在撒娇，可何东却清楚地感觉到肩膀上已然湿透。

何东想起大学时候看到的一个故事：有个国王，他两个女儿的眼泪都会变成钻石。大女儿嫁给了用她的眼泪铸造了城堡的王子，小女儿嫁给了个牧羊人。国王临死见到他们的时候，大女儿满身金银珠宝，而小女儿和牧羊人仍是贫穷。国王很惊讶地说：明明她的一滴眼泪就够你们生活得很好啊？牧羊人说：可是我舍不得让她哭啊。

何东觉得很惭愧，他轻轻捧起赵静的脸："好了，不哭了，我们出去吃饭，好吗？"

此时的一句话，早就胜过任何解释。其实，有时候女人很傻，什么时候都想要一个解释。殊不知，如果他有事，解释给你听了又能怎样，如果他没事，又何需解释？！

何东带赵静去了之前一直想去，却因为各种原因没去成的牛排餐厅，两人似乎达成了某种默契，若无其事地聊天，谁也没有提之前的不愉快。直到午餐快结束时，赵静轻轻放下刀叉，一脸严肃地看着何东："以后你要是有什么事就直说，懂了没？别遮遮掩掩的。"

何东见老婆严肃地训话时,眼神中分明带着一丝笑意,忙一个劲地点头:"嗯嗯,我这不是怕您老在百忙中还要担心我这档子事儿,给您老添麻烦嘛。"

下午回家的时候,两人已经谈笑风生,其实赵静此时也明白,从何东的种种举动来说,自己应该是真的误会他了。

刚到家,何东的手机就收到一条短信。

"你早上明明已经到楼下了,为什么骗我?"

是佘雅静发来的。何东看完,下意识地朝妻子看了一眼,好在她正在喝水,没注意此时何东贼头贼脑的举动。

他知道佘雅静只是想问问明白,显然早上她是看到自己了,但是这条短信如果在旁人看来,那简直是充满了暧昧。对于成人社会来说,此时的短信犹如当酒醉遇上男女关系,就像一加一等于二那样将得到一个类似铁律般的答案。

何东用最快的速度删除,然后借口上厕所,把手机揣兜里进了厕所。他回复:"早晨站在你车后面有个女的,你大概没注意,是我老婆,她误会我跟你有点暧昧,本来是想找茬的,所以我让你先走,不好意思,给你添麻烦了。"

寂静。

佘雅静如同人间蒸发了一般,直到晚上也没有再回短信过来。

直到深夜十一点半,何东准备关机时,才收到她的回复:

"哦，那明天起你自己打车吧，不给你添乱了。"

何东舒了一口气，回复了些表示感谢的话语，然后安然睡去。

后面的日子相对好过一些，毕竟只有一周就通过了驾驶科目一的考试，顺利拿到驾照，可以重新开车上路了。重领驾照后的第一天，何东把天窗打开，感受着风吹在脸上的感觉。原来，很多东西只有失去的时候，才觉得美好。

九月二日开学，一群成年了很久的青年男女，坐在一个教室里，听老师讲课，是件很有趣的事。其实，念MBA的意义之于何东来说，倒不是真的为了学点什么知识，也不如外界所说的拓展人脉，而是一种理念的丰富。当你遇到同一个问题时，你会有另一种思考方式，这或许就是MBA的意义所在吧。

何东的课程是周六全天，即周六上午九点到晚上九点。这十二小时的课程，对于许久未进课堂的同学们来说，的确是个很大的挑战。

何东自由散漫惯了，在教室里坐到晚上八点的时候，有点熬不住了，不断变换着坐姿。但无论怎么换，都感觉不舒服。他站起身，佯装上厕所，走出教室去透透气。

初秋的上海晚间，空气中的闷热仍未散去，但较之白天来说，已经舒服了很多，有一点点风，吹在身上很舒服，他甚至觉得自己回到了几年前的大学校园，跟赵静一起在操场的看台上，眼神散乱地看着眼前的一切，聊着些有的没的，那时候的他们，谁也不知道今后的生活会怎么样，而能一直走到现在的大学同学的确也是凤毛麟角。

"如果我说，她没误会呢？"何东手机里跳出一条短信，他有些莫名其妙，但随即明白过来。

没错，是佘雅静发来的。

佘雅静此刻就站在何东身后。她看着眼前的这个男人，身材挺拔，干练的短发，不好意思直接走上前去，所以，先发了短信给他。

生活总是这样，你以为失去的，可能在来的路上；你以为拥有的，可能在去的途中。

何东转身看到她，此时，脑中一片空白。以何东的理解能力，他完全明白她在说什么。于是，一个已婚男人和一个未婚女子，相视站着，谁也没有先开口说话。

此时，陆续走出一些同学，他们俩都显得有点无措。

何东发了条短信："我去教室里拿包，十分钟后，教室后面丽娃河边等。"

很多人说爱在华师大，是因为这所学校有一条著名的丽娃河。丽娃河的传说可追溯到上世纪20年代初，一位名叫何塞马利奥·费尔南德斯的西班牙侨民，以极为低廉的地价将这里买下，造起上海开埠以来的第一座郊野度假村。往来的多是富裕阔绰的欧美侨民。这座园子不久就成了一位十月革命后流亡上海的白俄贵族的私人花园。这位贵族有一个漂亮的女儿，名叫丽娃。丽娃爱上了一位中国小伙子，一位穷书生，遭到了父亲彼得罗维奇的极力阻挠。最后，在一个下雨的春夜，她跳进了这条河里。

很多东西，因为凄美，才显得尤为珍贵，特别是爱情。

当何东到约定地点的时候，赵静已经站在那里了。学校的人性化之处在于，还在河边放置了一些木质的长椅。何东想，难道是为了方便同学们谈恋爱？

气氛有些尴尬，因为作为两个成年人来说，大家都知道这意味着什么。

此时，何东选择了先开口。因为他知道，以天秤座这种纠结的性格来说，可以一晚上都不开口。别看她发短信时候多热烈多直率，仿佛全世界就算裂成两半，她也能头也不回地跳过那条裂缝。可真要让她当面说话的时候，她却已经把头低了下去。

"为什么是我？"何东跟佘雅静的相同之处在于，两人都喜欢打哑谜，一个是不着调地发了条只有何东才能看懂的短信，一个是憋了半晌才问了一句只有佘雅静才能听懂的问题。

佘雅静低着头，没有说话。何东觉得这事挺不靠谱的，在他看来，跟佘雅静认识那么久，貌似双方都没往这方面去想。因为何东总觉得自己是已婚已育的中年男人，佘雅静好歹也还没结婚，感觉生活给自己开了个大大的玩笑。

何东突然有种不太好的感觉。他环顾四周，似乎觉得这是同学们给他开的一个玩笑，一个纯粹的闹剧。

可是，他错了，根本没有那些闹剧该有的人，该有的因素。生活就是这样，看似再正常不过的东西，最终却可以变成闹剧；看着像闹剧的，却正是你我正经历的现实生活。

只有类似这样的场景，马车变回南瓜后，夜幕下才能呼应它的荒诞。

"很多事情就这么需要理由吗？"在何东确定这不是一场恶作剧后，佘雅静突然开口说话了。女孩儿有些扭捏，跟平时认识的仿佛不一样了，但是说话的时候，语气依旧那么坚定。

"我已经结婚了。"何东说完才发现自己有点傻，好像佘雅静根本就不知道似的。

佘雅静也愣了一下，显然她跟何东的感觉是一样的。她笑了一下，有点自言自语地说："今天天气好热，听说向喜欢的人表白，一会儿，心就凉了。"

何东听着佘雅静的冷笑话，没有笑，而是怜惜地看着眼前的这个女孩子，"对不起"这是何东的回答。

然后，他转身往停车场走去。在何东看来，倒不是自己坐怀不乱，面对如此温柔的美女，说不心动是假的，但是何东觉得，如果自己贸然开始这段感情，是不负责任的。

如果注定会是一个悲伤的结局，那为什么还要开始呢？

何东刚上车，手机响了，是佘雅静的。何东没有接，打火，挂挡，一踩油门，开了出去，然后出校门，左转，上了内环高架。

手机再次响起，何东怕有什么事，就接了起来，电话那头是佘雅静的声音，一点也没有失落的感觉，反而跟往常一样："我刚才是跟你开玩笑的，嘿嘿。"听得出她那支撑起来的笑容，勉强得像一把坏雨伞。何东知道女孩子要面子，所以马上接口道："哈哈，我就知道，赶紧回家洗澡睡觉吧，大半夜的折腾大叔可不是好孩子。"

电话那头十几秒的沉默，随即佘雅静道："如果我不是开玩笑呢？"

佘雅静还是放不下，何东此时的心情就像是成熟期的蒲公英，只消一点点气流的不安定，就会带走所有的种子。何东选择最近的下匝道下了高架，然后掉头朝学校开去，显然，起风了……

再次见到佘雅静的时候，无须太多的言语，两人抱在一起。这个世界上，有太多的事情放不下，有太多的尔虞我诈，而此刻的情感，却是纯真的。

不过这恰恰又验证了一个真理，一个男人要想坚守坚贞的底线，如果守得住，是诱惑还不够，如果守不住，那是常态。

"我今天没开车。"佘雅静靠在何东的肩膀上，说道。

"为什么？"何东有些摸不着头脑。

"哼，我接送你这么多天，你送我一次不行啊？"女孩子的娇嗔，总会让男人有点招架不住。何东想想也对，人家接送了你好几周，你送人家别说一次了，就算很多次，也是理所应当的。

再说了，所谓的送她回家，只不过是在自己到家前的那个路口，停一下，让她下车罢了。

把佘雅静送到小区门口的时候，像电视里的老桥段一样，佘雅静竟然也问了句："要不要上去喝杯水？"

对一个成熟的男人来说，这句话的引申含义，何东比谁都清楚，不过他还是欣然答应了。

上了楼，何东喝了三瓶农夫山泉，两罐王老吉，然后屁颠屁颠地下楼回家，留佘雅静一个人在家目瞪口呆，其实何东是故意的，因为如果不那么做，他知道今夜一定会发生点什么。

而作为革命意志如此不坚定的何东来说，他总得找点事做吧，比如……真的喝水。

到家的时候，佘雅静发了条短信过来："坏蛋。"显然，作为一个能念MBA的女孩子来说，聪明是毋庸置疑的。

何东没有回，而是删除了这条短信，然后删除了跟佘雅静的通话记录，上了楼。

赵静正在哄女儿睡觉，见他进来，指了指桌子。桌上是切好的水果，细致地在上面插了根牙签，何东端起盘子边吃边朝赵静笑。此时的何东，没有意识到，今晚他做出的那个决定，足以改变他的人生。

后面的日子，云淡风轻，两人一起周末上课，有时逃课去找个小咖啡馆坐坐，头靠着头，像一对还在念大学的小情侣，何东有时候竟然也会忘记自己的年龄。

十月份是佘雅静的生日，何东冥思苦想了很久，也想不出应该送什么比较特别的礼物。从何东的认知来说，佘雅静衣食无忧，如果送什么随处可买的东西，自然没有什么新意。其实，他早已过了谈恋爱的年纪，此时的一切对他来说，很多事情都是踮着脚勉强在做。犹如一个六七十的老头般，羡慕年轻人百米冲刺的快感，也想自己尝试一下。

直到有一天，何东看到佘雅静的QQ签名档，"好想去爱琴海啊"。

一个奇怪的事情是，他们的很多交流竟然都是通过网络上的签名档。另一件事就是，何东发现没法带她去爱琴海。

于是，何东拿出了读大学追女孩子时候的劲头，去复兴中路上找了一家颇有文艺范儿的艺术沙龙，叫"东篱文艺沙龙"。据说是上海目前最知名的艺术沙龙机构，何东经常会在生活时尚频道和一些报纸杂志上看到相关的报道。于是，抱着试试看的心情，报名参加了一个油画班，没有其他要求，就是五天内，希望老师能指导他完成一幅画作，何东拿出彩色打印好的图片，是一副爱琴海的标志性建筑，蓝顶尖角，白色的墙壁，远处是一望无际的大海，光看图片就会让人有种心驰神往的感觉，难怪佘雅静这么想去。

何东在学了几堂课以后，就开始独立开始作画，他把每一个步骤都用手机拍下来，好让佘雅静看看他是如何完成这个看似不可能的任务的。周六一大早，何东七点就到了东篱，除了干粮，还有三包烟，对于一个戒烟好几年的男人来说，让他戒烟不易的话，那么，让他戒烟后重新拿起烟，更是难上加难，不是万不得已，绝对不会这样。

其实何东心里明白，自己早已过了为感情可以抛头颅洒热血，卖掉个把亲朋好友在所不惜的年纪，只要自己有床单滚，管别人怎么在微博上怎么调侃，眼下所发生的事，在他看来和天方夜谭属于同一个级别。

何东已经舍弃为了爱情奋不顾身的这部分身体机能，因为现在有的，也不过是残留神经在最后的挣扎而已，如同那截留在人类尾椎骨上的，象征过去没准儿有尾巴的存在。

何东用了一整个双休日的时间，终于完成这幅油画，所谓一整个双休日的概念就是，从上午七点到第二天凌晨三点，再从第二天九点到第三天凌晨三点，最终完工，何东看着眼前的这幅作品，颇有成就感，画面层次丰富且细腻，何东这才发现，人逼急了，真的是什么事情都做得出来。

佘雅静生日那天，正好是周六，何东不动声色，只是提议晚饭后逃课。吃完晚饭，何东跟佘雅静约在学校附近的"Niiice Café"，上海最近大热的二十四小时连锁咖啡馆，以无敌好喝的咖啡和咖啡杯上有趣的文字而迅速风靡。

入座后点好饮料，何东拿出笔记本电脑，让她打开早已经做好的PPT，里面是何东绘制这幅画的全过程，在佘雅静快要看完的时候，何东从旁边取出油画，蓝色的屋顶，白色的墙壁，远处是一望无际的大海，还有海上飞舞着的海鸥。

何东原以为以他对佘雅静的了解，她一定会像个孩子般开心，只不过，他猜对了一半，佘雅静收到这样的礼物，高兴极了，对着何东的脸颊亲了一下，不过过了一会儿，她打量着电脑里的PPT，用颇为鄙视的眼神故意说道："我说何总，你做PPT水平也太差了一点吧，好歹也给它配个音乐什么的呀。"

说完在何东还没有发飙前，快速捧起她的生日礼物，向外奔去。

学校的奇特之处就是，无论多大的年纪，无论是不是已婚已育，无论是不是离开大学已经很多年了，身处其中久了，会依然觉得自己还是个大学生，可以无忧无虑地奔跑，可以不用去想那些有的没的。

两人喝完咖啡，牵着手在丽娃河边走了很久，那天晚上云很少，能看到久违的星星。

"跟我在一起开心吗？"佘雅静问道。

何东笑着点头，只是心里有一些酸楚。因为他实在不知道，这样的开心快乐，需要付出怎样的代价。

何东是个相信宿命的人，因此他也相信因果。他觉得人生很多时候，现在做的事情，都是种子。而这种子深埋在土里，会慢慢发芽，最终长出什么，其实在于你当初种了什么。

所以，何东始终担心，此刻的快乐皆如泡影般不真实，仿佛是上天给自己开了一个玩笑，一个不真实的梦境，抑或是一场只有两个主角的电影。何东一度认为，自己到了这个年纪，这个状态，所有跟情缘有关系的事情应该都宣告了完结。字幕也上了，灯光也亮了，扫地老太太也出现了。只是，没想到的是，字幕后面，竟然还有彩蛋。

只是何东知道，彩蛋终究只是彩蛋……

"雅静，你想过将来吗？"这是何东在有一次吃饭时，突然问的一个问题。

一般来说，这样的问题通常都是女生问得比较多，因为女孩子终究是需要安全感的，眼前的男人，能不能给她想要的安全感，是不是把她真正放在心里，在自己心里没底的时候，都会问类似这样的问题。

不过，何东问的原因却有所不同。因为他知道，已经过了不懂事胡乱玩的年龄了，他必须为佘雅静考虑。如果她最好的年华跟自己厮混在一起，那么，谁来陪伴她以后的日子呢？

佘雅静愣在那里，不知道怎么回答。或许，在她心里，也压根没有考虑过这方面的问题。在佘雅静看来，开心便可以在一起，只要是自己喜欢的男孩子，无论是怎样的状态，能够一起分享快乐，便好。

"你别这么婆婆妈妈的好不好。"以佘雅静的聪慧，随即明白了何东是在为自己着想。这个问题与其说是问她，不如说是提醒她。或许，他们并没有未来。人是一种很有意思的动物，会选择一些不愿意面对的事情，轻轻放进心里的某个角落，不愿再去触碰，当慢慢的，上面开始堆积时间的沙，越盖越厚，也就慢慢遗忘了，当有一天，不得不面对的时候，却恍如隔世般，不敢相信。

"雅静，回答我。"此刻的何东，眼睛里有些许的血丝、当一个男人认真起来的时候，样子的确有点吓人。

佘雅静看了何东一眼，依然笑容亲切，"我怎么感觉你就像那些问自己老公，妈妈和她掉河里，先救谁的傻姑娘一样啊。如果想过将来，我还会跟你在一起吗？！"

佘雅静的回答，让何东心里有种说不上来的感觉。这种飞蛾扑火的勇气和冲动，让何东相形见绌。如果说两个人在一起的时候，感情上是平等的话，为什么非要让一个女孩子牺牲那么多，就因为这个男人有家庭？所以女孩子就应该让步，去承受道德的谴责，去承受内心的翻江倒海？

何东左面的嘴角抽搐了一下。他本想给眼前的这个女孩子一个从容的微笑，却怎么也笑不出来。

"对了，你为什么说问出掉河里先救谁的是傻姑娘啊？"

佘雅静喝了口水，道："问这种问题的人，把自己和婆婆变成了二者只能择其一的关系。婆婆是老公的妈妈，你是老公的妻子，手心手背都是肉，你觉得老公会怎么选？如果你真的爱一个人，你会让自己心爱的人为难吗？"

听完这句话，何东没能忍住，泪水在眼眶中打转。雅静说得没错，如果你真的爱一个人，你会让他为难吗？

何东此时才真正觉得雅静的过人之处和胸怀。跟雅静比起来，何东觉得自己根本就是个混蛋，一个没有责任感、无恶不作的混蛋。

佘雅静递过纸巾，无限温柔，嘴上却还不忘损一下他："我就说你婆婆妈妈吧，我都没哭呢，你一个大男人就掉眼泪了。"

何东倒不在意，毕竟，能让一个男人感动的女孩子，这个男人这辈子都不会忘记。

为了缓和一下气氛，何东顺着刚才的话题接着说道："那我问你一个问题，你男朋友和闺蜜一起掉进水里，你会先救谁？"

"你能跟我解释一下，他们为什么会在一起吗？"佘雅静的过人之处在于看事物的角度和过人的聪慧，这也是最让何东着迷的地方。

饭后，何东通常会牵起佘雅静的手，两个人一摇一晃地散步，像极了动画片里的唐老鸭和跳跳虎。

"明天上午有事吗？"佘雅静突然问道。

一般他们见面都是周六，因为周六有课。周日的话，要出来也是可以。

"嗯。"何东点了下头，问，"什么事？"

"你明天出来就知道了。"

第二天，何东找了个借口出门，然后到了跟佘雅静约定的地方,一个复古的咖啡馆,咖啡馆两人常去,何东也搞不清楚,这究竟有什么区别。

佘雅静停完车,就拉起何东的手:"这地儿怎么样?"

何东有些莫名,感觉佘雅静的语气,颇有主人的范儿呀。于是,怯生生地问道:"哟,佘总,敢情这地儿是您开的呀?"

"聪明。"佘雅静打了个响指,"刚开半个月。"

"您这跨界还跨挺厉害的。"

"玩票儿呗,因为自己经常喜欢泡咖啡馆,就干脆开一家吧。"佘雅静笑着道。

其实,自己的地方的确有诸多方便之处。比如他们这样的关系,在自己的咖啡馆,进出就方便多了。

咖啡馆的基调是那种复古的小清新类型,门和门框用Tiffany绿,进门有两层,一个木制的楼梯通向二楼,楼上约莫有十多张桌子,每张桌子上很细致地放着鲜花或者绿色植物,看着颇有亲切感,另外,就是何东也很喜欢的复古台灯,很多种式样,散落在各张桌子上,房子的中间,有个鸟笼,里面养着一只白色的鹦鹉。

"这地方真心不错,是我喜欢的风格。"何东笑着称赞道。

佘雅静此时则依偎在何东的身旁,做小鸟依人状,然后对着店长道:"以后他来,就全部挂在我账上。"

何东冲店长点了下头,算是打招呼,然后找了个双人沙发坐下,往旁边的空座儿上拍了下,示意佘雅静坐过来。她乖巧地坐下,然后拿出笔记本电脑,道:"我们一起看动画片吧。"然后摆出小女生的萌状。

此刻如果有熟人在附近,看见两个平时一脸严肃较真的公司老总,俩MBA正头靠头,一起看一部名叫《机器人瓦力》的动画片,一定会忍俊不禁。

看完的时候,何东竟然被这部动画感动得泪流满面,从此何东就多了一个外号,叫"瓦力",而佘雅静就叫"伊娃",那个片中的女主角,让瓦力爱上的女性机器人。

已经许久未看动画片的何东,突然觉得人世间最纯真的东西,往往是简单的,甚至有些被我们看来是幼稚的。而那样的纯净、清澈,长大了,便不会再拥有,走进这个纷繁的社会,每天看到的钩心斗角、纸醉金迷,宛如那个伐木的动作,锯条渐渐从每个人的胸口隔离那片绿荫。何东承认,这个世上其实还是善良无私的好人比较多,只是未必好人做的每件事都善良无私罢了。

何东隐约觉得自己心里不知何时长出了一排嗜甜的牙齿,它们存在着就是为了粉碎所有浪漫的幻觉。何东依稀记得,上一次看动画片是若干年前,也被感动到了:在大雄老去、病重、躺在床上的时候,他对哆啦A梦说:"哆啦A梦,等我死后,你就回到未来,然后好好生活。"说完就闭上了眼睛。可是哆啦A梦并没有回到未来，而是通过时光机回到了大雄小的时候，然后对他说："你好，我是哆啦A梦，请多指教。"即使重新来过，我还是会选择遇见你。

"瓦力，你在干吗呢？"

"伊娃，我正在想你呢。"

这是自那天以后他们的短信……

那年的十二月是何东的生日，佘雅静自从十二月初开始就在忙活，每次问她都神神秘秘的。生日那天是周一，于是，佘雅静提议把何东的生日提前放到周六来过，因为那天两个人可以在一起，何东欣然答应。

上午上课上到一半，何东突然收到一条短信："一会儿你会收到六百朵玫瑰花，你要淡定啊。"

何东惊呆了，佘雅静这一下可玩大了。他一个满脸胡楂的中年男人，在教室里上课的时候，当着全班六十多个同学的面，从快递员手里接过六百朵玫瑰，那将是何等没面子、尴尬的场面。如果有人拍了照片发上微博，自己以后还怎么做人啊？！

何东朝佘雅静的座位方向看了一眼，佘雅静正在那儿冲他坏笑呢。

何东想着过一会儿就会成为全班同学的笑柄，全班娘炮的典型代表，这让他想起大学本科时候听一女生告诉她闺密："我男朋友是个娘娘腔，我和他分手了，他特别伤心，可就是不掉眼泪。"闺密赞叹："这不是挺有男子汉气概的嘛。"女生怒道："有个屁，他说他不能哭，因为他的睫毛膏不是防水的。"

何东预感马上自己也会成为众女生谈论的焦点了，他们不会怀疑我是Gay吧……

正在这时，教室门口出现了一个快递小哥，穿着黑灰相间的工作服，然后探头探脑的，开始摆弄手机，何东手机响了，"有你一个快递，我在门口，你出来取吧。"

何东脑袋"嗡"的一下就大了，感觉天都快塌下来了。经过佘雅静的座位，狠狠地瞪了她一眼，佘雅静此时已经笑抽了，把头趴在桌子上。

快递小哥给了何东一个小盒子，然后让他签名，转身就下了楼。何东有些摸不着头脑，看这个盒子的体积，别说放六百朵玫瑰花，就算放六朵都嫌小啊。打开盒子，里面是一袋玫瑰花茶，上写"真材实料，六百朵玫瑰"。

佘雅静的搞怪何东算是领教了。放学后，佘雅静看着何东，依然笑个不停。

"话说，谢谢你的礼物啊。"何东说得一脸真诚。

"不客气啊。"佘雅静见何东说得认真，也停止了笑。

"来，过来抱抱。"何东道，说着伸开双臂。

佘雅静害羞地轻轻靠近,然后把头靠在何东的胸膛。

正在此时,何东突然大叫:"你个小坏蛋,敢耍我,看我不挠你。"

说完趁佘雅静不备,挠她痒痒,佘雅静最怕被人挠痒痒,而且这次毫无防备,直被何东挠得蹲在地上,笑得眼泪都下来了……

夕阳下,两个人的欢声笑语,那画面,好美……

吃完饭的时候,佘雅静拿出两个玩具,一大一小的机器人瓦力,"国内没有卖,我托人从美国邮过来的,差点赶不上时间。"

何东拆开包装,摆弄起来,像个长不大的孩子。其实,每个男人骨子里都是一个长不大的孩子,在人前的成熟、干练都是装出来的。在喜欢的人面前,便会卸下所有的伪装。

正在何东玩得高兴的时候,佘雅静却道:"喂,何东小朋友,咱能回家再玩吗?赶紧吃饭,后面还有节目。"

于是,何东生日的当天,就像一个十来岁的小朋友似的,跟着佘雅静姐姐,收到一包搞怪的玫瑰花茶,两个自己颇为喜欢的机器人瓦力玩具,然后被带去安福路的话剧中心看了部话剧。

这是何东三十多年来,过得最特别的一个生日,直到很久以后时间变得像面条一样被疲倦拉长,长长地垂到深处的地方,何东依然记得那年冬天，空气微冷，安福路上的街灯，璀璨明亮。

何东觉得自己已经迷失在这场爱情里。他为自己的爱情找了很多借口，却未能客观的正视面对它。他的爱情，何尝不是妻子赵静的灾难呢？！

其实以佘雅静的聪慧和何东的谨慎，他们的感情很难被发现，平时几乎不联系，周末一起上课。只是，很多事情该发生的始终会发生。一如小时候犯了错，不论发生了有多久，总会在某个不经意的时刻，被父母发现，然后一顿痛打。

情人节那天，没法一起过的两个人，提前一周去买了银质的对戒。很多时候，人需要那种归属感，戒指就是这样的一个物件。它象征的并不是彼此的互相拥有，而是佩戴它的人，对一些东西的表忠心罢了，一如发誓不离不弃一般，只是，这样的誓言，有时脆弱得一碰即碎。

何东把戒指放在公文包的夹层小口袋里，周六才会换上它。有一天，赵静说自己的交通卡余额不够了，何东说自己有一张，又不用，让赵静去自己包里拿，于是……

"老公，这个戒指哪来的？"

如果是别的东西，说不定还能编个谎言或者扯个理由糊弄过去，只是，戒指这个东西的特殊性，实在让何东当时愣在当场。

赵静看何东在发呆不说话，嗓门提了八度，道："你说呀，这个戒指是哪里来的？"

"那个……我包里怎么会有个戒指？"即便何东反应再快，也编不出个合适的理由来。戒指的尺寸这么大，说是买给赵静的，她肯定不会相信。

再看赵静时，眼泪已经流了下来。很多事情，不是非要说出来才能确定的。

何东犹如看见一截拗断的树枝在空气中弹出泄气的"咔"一声，它折得宛如相声中抖出的一个包袱。

其实，这一刻的发生，赵静曾经在脑海中预演过很多次。在上次她误会何东跟佘雅静的时候，她就曾做好最坏的心理准备，但当那一切结束的时候，赵静有种重获新生的感觉，而此时，赵静犹如一个刚从火场中逃生出来的人，一只脚又踏入冰窟一般，那种绝望和无助，只有经历过的人才能体会。说实在的，倘若眼下正是最烦躁的阶段，就不妨让所有事故都在一起发生，免得再去祸害她往后寡淡的日子。

赵静已经哽咽得说不出话，面颊上满是泪水，其实真真正正的眼泪，你越是忍耐，反而流更多出来。想忍耐的念头刚刚兴起，就把它们逼得像堵进狭窄入口的潮水，孤注一掷般涌得更高了。

何东走到赵静面前，想去触碰她的肩膀，被赵静一把推开，干涩的喉咙里歇斯底里地发出"别碰我",仿佛再猛烈一些,喉咙里的声音就会裂开一样。

赵静默默地收拾衣服,然后拉起行李箱,轻轻带上门离开,眼眶湿润,却强忍住没有让眼泪流下来,这是争吵后的第二天清晨,何东还在睡觉,呼吸均匀,赵静在床边凝视着他的脸,还是跟认识时候一样的充满魅力,只是唇边和下巴多了些许胡楂,眼睫毛很长,女儿的眼睛长得很像他,就是这样一个男人,曾经给予自己最幸福的时候,七年的光阴,见证了太多东西。

当婚礼那天,他牵着她的手,说"执子之手,与子偕老"的时候,她感动落泪。结婚后,他说,"物质上,别人有的,我也会让你有,别人没有的,我同样会让你拥有"那份心,曾经是那么真诚,那么自信,那么让人相信。

她轻轻抚摸着他的脸,轻轻叫道:"老公。"其实是叫给自己听,她不知道这会不会是自己最后一次这么称呼眼前这个相守多年的男人。如果没有这件节外生枝的事,此刻他们该是多么幸福。但很多事情,发生了,便是发生了,没有人可以忽略。即便一根再小的刺,扎入爱人心里,也是痛彻心扉。

只是,此刻的她,想离开一阵子冷静一下。女儿由父母带着,所以也不必担心。她不想告诉何东自己去了哪儿,只想一个人安静地待着。

坐上公交车，一会儿上来一个孕妇，赵静起身把座位让给她。她对赵静笑了笑，表示感谢。一会儿赵静的电话响了，是何东的，她自然不想告诉他自己去哪里。

接通后，赵静说："我现在在火车上。我走了……你以后别再找我了……我想冷静一段时间……你不相信？……我真的在火车上了……"

这时，刚才被让座的那个孕妇清了清嗓子，喊道："香烟、啤酒、饮料、火腿肠、方便面了，来，脚收一下啊……"然后冲着赵静眨眨眼笑了笑。赵静也瞬间被逗乐了，强忍着笑挂掉电话，然后冲孕妇点了点头，以示感谢。

赵静在人民广场下车，然后像个游客般，找了间汉庭酒店住下。何东再打电话来，就直接挂断了。

何东挂上电话后，很着急，却不知道从何下手。赵静不知道跑去哪里了，这事暂时又不方便让双方父母知道。毕竟是自己的错，好歹也要面子。

而赵静把自己安顿好以后，百无聊赖地开始逛街。人民广场有非常多的旅行社，而自己还有十多天的年休假没有用，为这个家付出这么多，却换来老公的出轨。

赵静突然发现，这个世界让自己有些看不懂。一个平时的好爸爸、好老公，却有着不为人知的一面。要不是自己发现了那枚戒指，说不定永远也不会知道真相。而何东在人前，永远是好爸爸、好老公，要不是那天何东默认，自己还真会觉得是不是太冲动误会了他。

收到何东发来的短信，满是关切和问候。赵静回复的时候，里面用到了许多言不由衷的微笑符号。可当时的屏幕反射着她的表情，力证她确实是微笑着的。她微笑得完全不明就里，全然为了微笑而微笑，以此就能抵挡她写在短信里每一字每一句虚无的回答，里面灌溉着全部的狡诈而愤怒的意图。

顾漫说：一个笑就击败了一辈子，一滴泪就还清了一个人。而赵静恰恰觉得，一个微笑，或许就还清了一个人。这个世界太多的虚伪，两个人在一起这么多年，除了父母女儿，彼此就是这辈子最亲近的人，而对方却跟一个本来毫无关联的女人在一起，赵静实在无法想象他们互相拥抱的时候那种让人恶心反胃的场景。

爱情是美好的，犹如花种在花坛里，每一朵花都有种在花坛里绽放的权利，只是，请不要把花种进别人的花坛，因为，你所毁掉的，是那个花坛所有的阳光雨露，从此，那个花坛只剩下阴霾。

亦舒说，若不再爱，则那个女人静默是错，哭闹也是错，活着是错，死了也是错。

赵静现在就是这种感觉，她甚至开始怀疑自己是不是在梦境里，那个会让她痛苦、绝望的梦境，她多想赶快醒来，而自己的丈夫就睡在身边，关切问她是不是做噩梦了，然后轻轻地抱住她，在她的额头上轻轻一吻，说一句，"小傻瓜，没事了"。

那个熟悉的何东，或许再也不会来了。

很多男人或许都是好演员，人前都是好丈夫、好爸爸，却在某个阴暗的角落，扮演着完全不同的角色。他们喜爱冒险，就像野兽对于鲜血的渴求，布置在四下的危险反而挑起它更强的欲望。

赵静在路上走着，走进一个旅行社，扫了一遍推荐的出行线路，最后选择了台北七日自由行。好像从陷阱里脱逃的动物回到自己的巢穴休养生息。它虽然仍旧心怀不安，但在熟悉的环境中，终能放松警惕。这里的盲目连同潮湿齐齐地抚慰了它，种子和水份将为它的伤口缝上线。

接下来的日子，赵静请假，然后跟父母说要出差十来天，找何东出来聊了一次。

这次的见面，赵静没了怨恨，何东还跟以往一样，像个大男孩般，一见面就认错，仿佛跟他原来的风格那么的格格不入。

"我要去台湾散散心，女儿你帮爸妈多照看一下，我一周后就回来。"这是赵静沉默了许久后的第一句话，不带一丝情绪，冷静得好像什么也没发生过一样。

"去那里干吗?跟谁去?为什么?"何东表现得非常焦虑,一个犯了错的人,所表现出的过度的急迫。

赵静没有回答,只说:"等我从台湾回来,我们再聊一次,看看以后怎么办。"

对于赵静来说,唯一放不下的,是自己的女儿。毕竟,作为父母,有义务给她一个完整的家庭,完整的爱,完整的童年回忆。

何东没有作答,只是低着头,如一个犯错的小学生。此时,纵使再多的解释,老师也不会原谅他,他要做的,是让老师消气,这样才不会有更大的惩罚。

赵静一个人走回酒店的时候,已是华灯初上,两侧的霓虹灯如同神话里那片为摩西而分开的红海,而赵静面对的,并不是追兵,而是一个死结。可以选择委曲求全当什么事也没发生过,美其名曰顾全大局,而心里永远会有一个疙瘩;或者让何东为自己所做的一切付出代价,所谓的因果,大抵便是如此。

赵静想起一个故事:师父问,如果你要烧壶开水,火生到一半时发现柴不够,你该怎么办?有的弟子说赶快去找,有的说去借,有的说去买。师傅说,为什么不把壶里的水倒掉一些呢?

其实,看到这个故事的时候,赵静觉得非常有道理,但当自己真的面对一些实际问题时,要倒掉一些心里的水,又谈何容易呢？！

"尊敬的乘客，飞机大约在十分钟后，将降落台北桃园机场，请您收起小桌板……"

赵静走出机场的时候，台北天气晴朗，空气清新得让人难以置信。

与其说是旅行，不如说赵静只想安静地享受一个人的生活，仿佛融入了这个颇有文化气息的城市。赵静经常会去酒店附近的星巴克小坐，虽然大陆也有，氛围和咖啡的口味也差不多，但是那种熟悉的感觉却能让她安心下来。有时，会一个人坐在窗边发呆，一坐就是一整个下午。

有一天，赵静下午去参观了博物馆，晚上去星巴克，信义路和敦化南路口的那间。人不多，依旧找一个靠窗的位置。在旁边的位置上，有个男人正用惊恐的语气跟一个站着叫他小山哥哥的女孩子说话，听口音应该也是大陆来的。赵静不知道为什么那个男人会如此惊讶地看着这个女孩子，这个世界有太多别人的事情。赵静要了杯卡布奇诺，然后转头看向窗外。自己的事情都还悬在心里，谁有空去关心别人呢？

正在这时，咖啡馆门又开了，一个挺漂亮的长发女子风风火火地走了进来，之所以会注意到她，是因为她不像其他喝咖啡的客人，进来会直奔服务台点咖啡，而是愣愣地站在那里，然后眼睛直直地看向一个地方，眼神让人有些发毛。

赵静忍不住好奇，顺着那个女孩子的眼睛盯着的方向看了过去，正是刚才那个男人，而此时，那个男人和那个被男人唤作"安安"的女孩子显然也发现了这个女子，一起把嘴巴张得老大。

三个人如电影里画面定格般，一动不动……

等我们从小孩长成大人了，青春一词都成了明日黄花时，才发现那些故事真的不过只是故事。真正的命运是一条湍急的河流，人在其中，不过是随波逐流的渺小石子。你以为不会离散的那些，终究还是要离散，你以为能够紧握在手中的那些，原来只是过眼云烟……

THREE

跟很多全职太太一样，冯琳的日子过得波澜不惊。虽然有时会觉得无聊，但好在有一个疼她的老公。老公叫费墨，没错，就是跟电影《手机》里那个费老同名。所以，他时常会用四川话大叫："做人要厚道。"费墨在一家五百强公司任中国区经理，属于高管，四十岁就能有如此成就，实属不易。

六年前，他们有了一个可爱的女儿。于是，冯琳开始辞去自己的工作，全心全意带女儿。跟很多家庭不一样的是，冯琳把婆媳关系处理得相当不错。冯琳跟闺蜜章倩在一起的时候，经常挂在嘴边的口头禅就是："老公是婆婆的产品，你怎么能告诉产品制造商有问题呢？"

一句话可见冯琳的处世智慧。不过冯琳在辞职这些年里，开始觉得与社会脱节了，这也是很多全职太太所面临的共同问题，所以，现在才会催生出很多的高端沙龙和下午茶，其目标客户，正是这群有钱有闲的太太们。

当年和费墨相遇，也颇为偶然。冯琳本不太喜欢这种看着老实巴交的男孩子，只是，很多事情，冯琳宁可相信注定。

这个世界上有两种女人，相信缘分和装作不信的。

于是，他们也顺理成章在一起了。费墨是别人眼中的好男人，烟酒不沾，麻将不打，典型的工作狂，经常加班到很晚。可见，在这个年纪，能有这样的成就，除了运气好之外，还需要很努力。

一个太阳很毒的下午，冯琳跟往常一样，去赴闺蜜章倩的下午茶。他们喜欢去陆家嘴国金对面的香格里拉的三十六楼翡翠餐厅，透过玻璃，能看到金茂大厦和东方明珠。天气如果不好的时候，还能看到很多云雾弥漫在四周。

冯琳到的时候，章倩发来微信说在楼下停车，于是冯琳抽空给费墨发了条消息："老公，在干吗呢？"

刚辞职那会儿，冯琳成天粘着费墨，很多全职太太都有过这样的经历，倒不是因为无聊，很多人说是因为突然没了工作，少了安全感，其实也不完全是，就像一个忙碌了一生的老人，突然退休每天在家无所事事，这何尝不是另一种折磨。

费墨回消息很快："报告老婆，在看一份方案，对了，晚上我不回来吃饭了，还要加个班。"

冯琳把身体靠着沙发背上，叹了一口气。费墨最近忙了很多，成天加班。有时候，冯琳会劝他，不要这么拼，宁可少赚一点,身体要紧。费墨总会在这时笑一笑,然后开始讲那个关于箭和弦的故事。冯琳听了很多遍,大意无非是,很多事情发生了以后,就不得不去面对,不是减少一点努力就可以的。在费墨看来,只有零和一百,而没有折中的那些数字。

作为一个成功的男人,有一点偏执很正常,所以冯琳也会尽可能地安排好他的饮食起居,照顾好他的身体。

"哟,发什么呆呢?"章倩走进来,笑道。

冯琳循声看去,章倩一米七五的身高,穿着一条格子短裙配黑色丝袜,美艳动人。有些女人穿丝袜,显得身材好,有些女人穿丝袜,显得丝袜质量好。显然,章倩是前者。

而对于自己日渐发福的身材,冯琳还是有一丝隐忧。毕竟,女人到了一定的年龄,虽然不能保持跟年轻时候一样漂亮,但是身材和气质,却绝对是核心竞争力。冯琳深知只有把自己过得像王后,才能吸引国王,可是,要坚持锻炼、节食,谈何容易。

"刚费墨说加班,我正担心他身体呢。"冯琳见章倩来了,笑着回答。

"费太可真是日理万机啊,为了费老的身体,可是操碎了心,我就说婚姻是爱情的坟墓吧,结婚前的你侬我侬瞬间就没了吧,现在围绕着你们俩的都是柴米油盐和孩子,哎,可悲啊,你看看我,多好。"

章倩所标榜和炫耀的，正是因为自己跟男友同居多年，却一直没有结婚，两个人除了没有领结婚证，其他跟普通夫妻一模一样，用章倩的话来说，这是让爱情有更长的保鲜期。

"得了吧你，如果婚姻是爱情的坟墓，那不结婚，岂不是让爱情死无葬身之地嘛。"冯琳也毫不示弱地反驳。

章倩笑着喝了一口咖啡，然后把一小块提拉米苏放进嘴里。冯琳实在无法想象，这个贪吃的姑娘是怎么把自己的身材保持得那么好的。

"对了，我昨天去青浦了。"章倩突然一脸严肃地说，让冯琳莫名其妙。虽然青浦离市中心得一个多小时的车程，那也不用这么一本正经地说出来吧。

"那边挺不错的呀，有古镇，情调很好啊，去朱家角了吗？"冯琳问道。

"去了。"然后顿了一下，正色道："你老公最近忙什么呢？"

冯琳有点摸不着头脑了，貌似你章倩去青浦跟我老公又有什么关系呢，以冯琳对章倩的了解，她绝不会如此毫无逻辑，把两件本毫不相干的事放到一块儿来说。

冯琳似乎意识到了，章倩想说些什么，于是，顺着她问的回答道："他么，还能怎么样啊，每天都是工作、开会、加班，人家是一分钱当做两半花，我看他是一个人当成几个人来用了，怎么了？"

"那他们公司在青浦有项目吗？我昨天在青浦看到他了。"章倩说得越来越奇怪，费墨他们公司是做电子芯片的，虽然工厂不在市中心，但那也在外地，也不在上海啊，更何况，费墨分管的是人力资源，技术那块完全不懂。

"啊？"冯琳显然吃了一惊，费墨是那种极其规律的人，如果他上班的时候去了青浦，回家肯定会跟冯琳说起，而且他没事去那里干吗。

"你是不是看错了？"这是冯琳的第一反应，相信换作谁，这都是第一反应。

"我因为隔了一段距离看的，所以也不敢肯定，所以拍了张照片。"说着章倩从她的爱马仕包包里拿出手机，翻出那张照片，递给冯琳。

说实话，虽然现在手机摄像头动辄就说自己几千万像素，在隔了一段距离，再加上手有些抖动的情况下，这张照片的清晰度还真不是特别好，而且因为是从背后拍的，压根就看不见脸。

不过，这身衣服冯琳却是相当熟悉，因为费墨每天的穿着都是由自己来给他配好的，她再熟悉不过了。阿玛尼的竖条衬衫，配西裤，然后是古奇的公文包，从这身行头来看，此人一定是费墨。

"我之所以今天跟你说，而不是昨晚微信发给你，我是想问问清楚，别我一张照片，搅得你们家鸡犬不宁的。不过，你是我最好的朋友，如果真的有什么事，我觉得还是应该告诉你。"章倩之所以这么说，是因为照片里，费墨身边还站着一个妙龄女郎，打扮入时，而且看这样子，感觉颇为亲密。

其实，即便是费墨在大庭广众之下身边站个女人，也是再正常不过的事。谁也没说，一个已婚男人就不能有女同事、女性朋友，但是人就是这么奇怪的动物，宁可相信自己所谓的直觉，那种唯恐天下不乱的直觉。

但冯琳的怀疑却是有根据，因为那天回到家，费墨一脸疲惫，说在公司开了很多会，处理了很多事情，午饭都是到下午三点才吃的。很多时候，所谓的欺骗和真相，在于当事人是否想隐瞒，一旦有所隐瞒，即便一身清白，人们也会戴着有色眼镜来看待，如果早先就开诚布公，很多事情，就没了那种事后琢磨的戚戚然。

见冯琳半天没有说话，而且表情严肃，章倩突然觉得自己是不是有些多事，本来人家是挺幸福的家庭，是自己偏要往人家平静的湖面里，扔进那么一颗石子，搅起波澜无数。

"应该是我多想了吧，说不定费墨正在陪客户，你看我，做事情就是太冒失。"章倩打圆场道。

"我们何必自欺欺人呢。"都说女人有第六感，而此时冯琳的第六感告诉她，这件事情或许没那么简单，也就是这张照片，或许将打破她一直以来平静无聊的生活。

其实女人很敏锐，男人爱不爱她，她一眼就能分辨出来。只不过有的装傻，有的自欺欺人，有的委曲求全，有的决定和男人一起演。

说实话，章倩实在不知道，今天把这事儿告诉冯琳，自己是不是做对了。以冯琳的性格，心里很难装下事，所有的事情都写在脸上，如果因为这张照片，冯琳跟费墨有了不愉快，她章倩便是始作俑者。而这样的争吵和不愉快往往什么结果也不会有，毕竟只是一张很普通的照片，如果就凭这个认定费墨出轨，谁也不会承认。而如果他真的出轨，这么一闹，反而打草惊蛇了。

但是站在一个闺蜜的角度，她是不容许冯琳受到一丁点的委屈。闺蜜跟母校很像，你可以自己骂母校，但绝不允许别的人说它的坏话，闺蜜也是一样，平时没心没肺地调侃，但绝不允许其他人欺负她。

晚上费墨回家的时候，已是夜里十点多，女儿已经睡着了，冯琳一个人坐在客厅沙发等他。费墨一开灯，把他吓了一跳，"老婆，你这是演的哪一出啊？大半夜的，不带这么吓人的。"

费墨琢磨着，自己就算没有加班成过劳死，早晚也要被冯琳吓死。

"没事儿。"冯琳记起章倩临分开时特别叮嘱自己一定要沉住气，于是强颜欢笑道："我这不是为了省电嘛，我老公在外面打拼，我又没有收入，能省则省啊，所以把灯关了。"

"得了吧你。"费墨道："你买一个包的钱都够我们家用一整年的电了。"

话虽这么说，费墨对老婆孩子倒是从不吝啬。老婆说要买什么，从来没有不答应的，这也就是为什么冯琳一直觉得费墨好的原因之一。一个男人，对自己非常节俭，却能对老婆孩子的要求有求必应，着实难得。

费墨说完这句话，看冯琳不说话了，以为玩笑开过头了，忙把包扔在沙发上，靠到冯琳，笑着道："哎呀，开个玩笑，不要生气了呀，来，大宝，给老公抱抱。"

在家里，费墨把女儿称作小宝，把老婆称作大宝。他曾说，这是他这辈子深爱的两个女人。

冯琳顺势倒进费墨的怀里，这一瞬间她脑子里想的是，让自己忘了那张该死的照片吧，溺死在这个男人的怀里。

不过半分钟后，冯琳就改变了这个想法。因为，在费墨的衬衫领子上，冯琳看到几根金色的长发，自己没染过发，显然不是自己的。

如果换作是以前，冯琳丝毫不会怀疑，因为费墨公司里，经常开会讨论事情，有女同事的头发粘到衣服上，也算说得过去，但是，有了那张照片，再加上这几缕头发，怎么能叫人不联想呢？

冯琳好想此刻就痛痛快快地把事情说清楚，让费墨解释给自己听，让他告诉自己，是自己多心了，去青浦是陪客户，这头发只是不小心粘到的……可是，冯琳不能这样，她必须冷静地面对这一切，把事情搞清楚。

上了床以后，费墨一会儿就睡着了，打起了鼾。冯琳却久久未能入睡。想起刚结婚那会儿，冯琳还特别不习惯这鼾声，有的时候甚至彻夜难眠。但结婚这么多年后，竟然奇迹般的适应了。而且，有时候费墨出差，没有这鼾声在身边，自己竟然还会失眠。

本来，费墨四十岁，自己也三十七八了，在上海这样的城市，住别墅，开好车，出门都是一身名牌，多平静惬意的生活。有些人奋斗一辈子，可能也就是为了追求这些吧。而他们追求的，自己在三十多岁的时候，就已经全部拥有了。

到了这样的年龄，结婚七八年，如果说还会像刚认识那会充满激情，整天想着给对方创造些惊喜，那是完全不可能的。感情趋于平淡，更多地体现在生活的细枝末节中。很多人都说要珍惜当下，很多人也说只有失去了才知道珍惜。结婚七八年后的感情生活，就是这样，没有不行，有了却也是平淡。

所以，很多人都会在这个点上出轨，有人把这个称作"七年之痒"。这个世界的诱惑太多，特别是费墨这种被公认的成功人士，身边肯定有很多女孩子打转，但能不能把持得住，就要看个人的修为了。

这一夜，冯琳就在恍惚中度过，迷迷糊糊间，已是清晨，起身帮费墨配好今天要穿的衣服和领带，帮他擦亮皮鞋，然后给这爷俩准备早饭。

"老婆，我上班去啦。"

"嗯，开车慢点，路上小心。"

一切如常，仿佛什么也没发生，那张照片，那缕头发，并不意味着什么。

送完女儿上学，冯琳去了章倩那儿。章倩开了家服装店，这几年增开了很多连锁店，生意越做越红火。一般不到上午十点，她是不会起来的。

冯琳到的时候，才九点，敲了半天门，章倩才顶着一头乱发和一双睡眼出现，一件宽松的白色汗衫，"姐姐，你这还让不让人活啦，大清早的。"

对于章倩来说，十点前都是大清早。

"赶紧起来，跟我出门。"冯琳说道。

"一大早干吗去啊，摆地摊儿？"章倩把身体又窝进客厅沙发里，闭上眼睛，仿佛多睡一会儿就是赚到。

"我想去费墨公司附近看看，看他最近作息是不是正常。"冯琳说着把章倩的身体摇得跟拨浪鼓似的。

"得得得，怕了你了，别摇了，好在我只有B罩杯，要是换个C罩或者D罩的，被你这么一摇，胸都能甩到脸上抽自己几个嘴巴。"章倩用最快的速度洗漱，然后换上出门的衣服。

"嘿，你还别说，刚才看着跟什么似的，这么一捯饬，还挺人模狗样的。"临出门，冯琳还不忘挤兑一下章倩。

闺蜜就是这样，平时打打闹闹，谁嘴上也不饶谁，但真有了什么事，都会第一时间跳出来拔刀相助。

上了车，章倩道："什么去附近看看，你不就是想监视费墨嘛，说得道貌岸然的。"

冯琳冲章倩白了一眼，开着车向陆家嘴而去。

其实要监视费墨挺难的，陆家嘴都是高档写字楼，每幢楼里都是好多公司，附近除了一些咖啡馆，都没地儿待。

最后，她俩把据点定在了费墨他们公司底楼的那间咖啡馆，挑了个能看到电梯的位置，然后坐下来。

说实话，冯琳自己也不知道这样的监视能有什么效果，一来根本无法肯定费墨是不是真的出轨了，二来，小三是谁，是不是一个公司的，都不知道。

坐在这里徒劳的守候，只是目前所能做的唯一的事情。

冯琳觉得，过来看看，总比在家里任由事情发展来得好。

俩人聊着天，吃着简餐，很快就到下午一点了，坐了三个多小时的章倩有些坐不住了，道："姐姐，咱明天继续行吗？老在这里窝着也不是个事儿呀。"

冯琳一边盯着电梯口，一边摇头，正打算转头跟章倩说些什么的时候，突然电梯里出现一个熟悉的身影，正是费墨，戴了墨镜，两人连忙看向门口，一辆白色的宝马，依稀能看见一个长发女子开着车。

冯琳和章倩赶忙结账，本想去地下车库取车，眼看费墨上车，等从车库出来，怎么可能还跟得上，情急之下，章倩出了绝招，对着手机里的打车软件发了条语音叫车信息，娇羞地说："师傅呀，人家上班来不及了啦，赶紧来接我啦，快来快来嘛！"

果然，比平时叫车快多了，几乎就在同时，手机显示有车接单。与此同时，一辆出租车已经停在了大门口，两人赶忙上车。

"师傅，帮我跟上前面那辆车。"章倩依旧用那种嗲嗲的语气说着话。

师傅瞬间精神抖擞，一脚油门轰下去。

费墨他们竟然去了浦西的一家餐厅，如果真的仅仅是吃饭，陆家嘴这么多大大小小的餐厅，为什么非要跑这么远。可见，一定有鬼。

两人在车里看着费墨跟长发女子走进一家港式茶餐厅，从举止上倒没看出有什么亲昵动作。

两人下了车后，在对面的咖啡馆里点了两杯咖啡坐了下来，好在那家餐厅有大大的落地窗，而追求情调的两人，选择了坐在窗边，所以冯琳能清楚地看到两人的一举一动。

眼看这饭吃了已经半个多小时，两人虽然有说有笑，但从举止上来说，看着像普通朋友。

"说不定真的是我们想多了。"章倩首先沉不住气了，因为这样的一顿午饭，再正常不过了。

冯琳没有说话，而是眼睛死死地盯着他们，终于，那边午饭结束，两人走出来，不过看这情形，是要就此分别，而不是由那个女子送费墨回去。

临别时，两人站着说了好一会儿话，末了，女子替费墨正了正领带，然后开车离开。

就是这样的一个举动，让冯琳的疙瘩更难解了。其实目前来说，如果非要说这些是线索的话，也就那三个细枝末节的线索，每一个单独来看，都是非常正常的事情，但是串起来，却又由不得别人不多想。

章倩看穿了冯琳的心思，道："我觉得吧，说不定真的是我们多虑了，误会姐夫了。"

章倩显然心里有点愧疚，就因为自己的那张照片，把冯琳的生活搞得天翻地覆，也把费墨着实冤枉了一把，所以连称呼都变了，开始改叫"姐夫"了。

而冯琳则没有说话，眼神呆滞，然后两人打车回了费墨公司，去地下车库取车，再转去了章倩家。

一路上，冯琳都没有说话，她心里明白，目前她所谓的三个线索串起来看，对费墨是不公平的，因为她已经不客观了，她是认定费墨已经出轨，所以看出来的任何东西，都有那么些许的痕迹。

"倩，你真的觉得我们错怪费墨了？"这是冯琳坐下来以后的第一句话。可见，刚才在路上的那段时间，她的心里该有多么的受煎熬。

"我觉得有可能。"章倩也说不出个所以然来。

人之所以会痛苦，就是太过执著，很多事情，如果放下，便会轻松不少。郑板桥先生所说的"难得糊涂"，能做到的，却能有几人呢？

执于一念，必受困于一念；一念放下，将自在于心间。

晚上费墨准时到家，说今天不用加班，冯琳一如往常地准备好饭菜，见他回来，笑着迎接："今天累吗？"

"还成，中午还非被一个老同事拉出去吃饭，要跟我聊聊，哎。"费墨说着，抱起女儿。

听他这么一说，冯琳释然了不少。至少，自己主动说出来的，会让人感觉是真实的，而且正因为没什么猫腻，才会说出来。

吃完晚饭，费墨主动帮着一起收拾碗筷，然后陪女儿做数学题。冯琳在一旁看着这父女俩，认真起来的表情一模一样，冯琳突然做了一个决定，算了，还查什么查呀，不仅让自己痛苦，还要疑神疑鬼，把家里弄得也不太平。现在这样的生活不是很好嘛，温馨、平静。

于是，冯琳开始恢复到以前的生活，每天种种花，喝喝下午茶，跟章倩一起聊聊天。有时候，痛苦都是自己找来的。

若是不悟，千里万里也是枉然；若是悟了，脚下便是灵山。

这是冯琳最近看到颇有感触的一句话，她也是这样安慰自己，仿佛同样的话多重复几次好像自己便有了信心似的。直到有一天晚上……

那天跟往常一样，吃完饭，一起收拾桌子，然后费墨去书房处理一些文件，手机忘在餐桌上，冯琳拿起来，给他送过去，刚拿到手里，就看见屏幕亮了一下，冯琳好奇地看了下，出现一个提示：有一个新的系统软件可以更新。

冯琳虽然对手机不太懂，但是这样的提示还是第一次看到。她轻点了一下，出现了一个手机安全助手的界面。界面里有一个"隐私号码"菜单，点进去，竟然需要输入密码。冯琳试了几次，都没有成功，直到后来输入了女儿的生日，才得以进入。

里面显示，刚才有一个138开头的号码打了费墨的电话，但由于费墨将这个号码设置成了隐私号码，所以不会直接提示，而是可以自己设置设定提示的文字，费墨就设定了"有一个新的系统软件可以更新"，看到这一切的时候，冯琳脸色都白了。

"老婆，帮我把手机拿过来好吗？我好像忘在客厅里了。"费墨大概是想起了手机，对着客厅里的冯琳喊道。

"嗯，好的。"冯琳故作镇定，然后关上手机屏幕，拿给正在书房的费墨。

"我觉得我们没有错怪费墨。"这是冯琳到房间里给章倩发的短信。

这下，章倩不淡定了，打了个电话过来。冯琳把房门关上，轻声把刚才的事情说了一下，末了还说："你帮我找个熟悉智能手机系统的人问问，是不是跟我理解的一样。"

"嘿，那还用找，我男朋友对这个可精通呢。你明儿早上过来，我让他调休半天跟你好好解释解释。"章倩的仗义之处在于，毫无保留地力挺自己的闺蜜。

所以现在很多女孩子都不愿意结婚，整天跟一群闺蜜们打打闹闹，吃吃喝喝，很多父母都看在眼里，急在心里，可是她们自己却一点也不急。是因为她们都觉得，这个世界上，男人靠不住，还是闺蜜才会在你最需要的时候，陪你喝酒，陪你一起哭，陪你骂尽这个世上所有的坏男人。

第二天，冯琳九点多到章倩家，章倩倒是已经严阵以待在等她了。她男朋友王涛是个IT男，老实巴交的，跟冯琳打了招呼。

"小王啊，关于这个手机安全助手的原理你能跟我解释解释吗？"冯琳昨晚看了费墨的手机后，自己就下载了一个。

王涛接过冯琳的手机，一项项地演示给她看，大致跟冯琳的理解差不多，就是说，可以通过这个"隐私号码"选项，让设置的号码无论电话还是短信，都可以悄无声息地进来，而提示都可以自己设定文字，不会出现任何电话或者短信的提示文字。

在一旁的章倩边听边倒吸了一口凉气，刚解释完，就扯着王涛的耳朵道："你的手机拿来我看看，原来你们男人还有这么多秘密武器啊。"

王涛委屈地拿出手机："我根本就没装过这个，我一技术男，要啥没啥，你说人家看上我什么呀。"

章倩点了下头，道："也对哦，你说这世界上，谁还会跟我一样不开眼啊?"不过随即又道:"这可不一定,这年头,街边吃五块钱盒饭的主儿,旁边都有一小三儿呢。"

冯琳被这两口子逗乐了,在旁边哈哈大笑。其实,什么是幸福,很简单,有欢笑的地方就有幸福,跟金钱无关。

经过这次的手机事件以后,仿佛费墨出轨的事犹如板上钉钉了。

这下,冯琳和章倩更加投入热情。这种心态,仿佛是盼着费墨出轨般,他不出轨,倒显得之前俩人的种种猜测、种种煞费苦心有些多余似的。就像一个自由落体的皮球,是无法靠什么"自身的努力"来改变下坠趋势的,唯有等待外力的出现,那冥冥中的、欣欣然的一双掌心。

冯琳和章倩在中午的时候,到了陆家嘴费墨公司的那幢写字楼,依旧是那个咖啡馆,简单地解决午饭后,就目不转睛地盯着电梯口。就像已经掌握了线索的侦探一样,发誓要将不法之徒绳之以法。

在那儿蹲了一天,毫无动静,她俩有些失望。开车回家的时候,章倩突然问冯琳:"接下去你打算怎么办?"

这一下就问到了冯琳的痛处,说实话,这几天冯琳有点打鸡血的感觉,从开始的伤心到绝望,现在的她,心态竟然产生了微妙的变化,就是那种一定要逮到证据的心态,仿佛如果现在的费墨想浪子回头，她还不一定乐意了。

"能怎么办，走一步看一步呗。"这是冯琳的真实想法。

对于一个已经有孩子的家庭来说，很多原则和底线，会不自觉地往下走，比如换作以前的话，冯琳是绝对不能容忍，但是，发生在现在的时候，如果贸然离婚，一个支离破碎的家庭，对女儿的成长是极其不利的，再者，冯琳现在也没有工作，如果离婚，一来孩子的抚养权肯定归费墨，另一方面生活上实在无力支撑和维持。

晚上费墨回家的时候，冯琳自然要装作不动声色，只是，冯琳的性格实在不喜欢把事情埋在心里，所以费墨仿佛能察觉到今天冯琳有些不高兴，忙问道："老婆，今天谁惹你生气了呀？"

"哦，没事。"冯琳一直在心里给自己打气，要沉住气，千万要沉住气。

怕费墨怀疑，于是又补充道："今天我以前单位的好姐妹打电话过来聊天，说她离婚了。"

"离婚了？"费墨随口重复道。

"是啊，她老公在外面有了小三，所以……"冯琳边说，边用眼睛直直地盯着费墨，看他有什么反应。

只可惜，费墨的脸上平静得一点痕迹也没有，冯琳恰恰忘记了，能坐到费墨这样的位子，没一点城府，是不行的。

晚上趁费墨洗澡的时候，冯琳翻看了他的手机，通话记录、短信、微信看来都在回家前做了处理，找不到丝毫的痕迹，就连隐私号码里的短信和通话记录也清空了，费墨的谨慎，让冯琳有些不寒而栗，要不是章倩偶然拍到的照片，这才开始怀疑和注意他的话，恐怕，冯琳这辈子都不会发现他出轨，因为他隐藏得实在太好了，他大可以在人前继续扮演他的好上司、好老公、好爸爸形象，而她自己，也可以在一切无所知中，体验那些虚无的幸福和快乐。

对男人来说，情感和快乐有时是一种逃避和放松，是他们的游戏，玩耍的城堡，逗留的旷野。他们的心如同猎人，征服和占有欲是血液中的本能。对女人来说，若爱他，会把他当做孩子、父亲，恨不能把骨血溶解于他的身上，把心拧成一股绳索。两人属性和所求如此不同却要相守，多么困难。

冯琳默默放下手机，然后躺到床上，费墨洗完澡出来，看到冯琳正一个人对着天花板发呆，便问："今天究竟怎么了？感觉你有什么心事？"

"哦，没事，就觉得世事无常啊，我原来同事她老公人看着很老实的，还不是被狐狸精给勾引走了，抛弃妻子。"冯琳有些后悔今天自己没能沉住气，让费墨有所察觉，以费墨的性格，说不定从此行事就更加小心了。

"呵呵，这年头啊，不是每一个男人都像你老公这样洁身自好的。"费墨竟然能大言不惭地说出这样的话，着实让冯琳吃了一惊。不过这种表情转瞬即逝，待她转过脸来的时候，早已满脸堆笑，道："是啊，我们家老公啊，是既有本事，又老实，要好好保持啊。"

第二天冯琳把这段床边的对话告诉章倩的时候，章倩和她刚听到的反应是一样的，好像这个世界上，所有的男人都出轨了，他也会气定神闲地安然无恙似的。

冯琳跟章倩说笑着，把水喷了一地板，这下章倩可跳起来了，对于有洁癖的她来说，这是绝对不能容忍的，以前章倩家里遭贼，她回家的第一反应是，怎么进门都不脱鞋，踩这么脏，又要拖地了……

所以，有此前车之鉴，冯琳赶紧在第一时间到厨房里拿起拖把，打扫干净。

"今天干脆别去陆家嘴了。"冯琳觉得既然已经知道丈夫肯定出轨了，每天去跟踪，又有什么意思呢。

"不去了？为什么？"章倩倒是显得有点诧异，以她对冯琳的了解，冯琳绝不是那种这么容易善罢甘休的人。

其实，章倩恰恰没有想到的是，一场婚姻，一个乖巧的女儿，足以改变这个女人的性格，任你再刚强再不可一世，在面对如此现实的问题时，不得不瞻前顾后地考虑很多东西。

很多女人发现老公出轨后，一般会问两个问题，一是他怎么会出轨啊，平时这么老实，当然特别老实的那种男人一般有情人或者小三的机会很少，在扫黄打非现场抓住的比较多。另一个问题是，为什么会是我？好像轮到自己是多么悲惨的事情一样，其实，想开了的话，事情很简单，别人没发现老公出轨，不代表她们的老公就一定没有出轨，相比来说，你还是幸运的，至少说明你比较聪明，退一万步来说，也能说明你观察和逻辑推理能力很强。

面对章倩的问题，冯琳并没有正面回答，她只回忆起刚认识费墨的时候。那时候她还在读大学，费墨已经工作，他俩认识没多久，有次玩得晚了，就叫车赶回学校，跟司机谈好的三十元，上车后冯琳很着急说："师傅，麻烦你快点吧，再晚点学校大门就关了！"结果还是没能赶上，只能跟费墨在外过夜，也是那晚上，她把第一次给了费墨。

结婚以后，有次费墨喝多了说漏了嘴："你还记不记得那天我跟师傅说，我先给你车费吧！"冯琳点头说记得，那天费墨说先给师傅车费，她本以为是先给钱的话，是想让师傅开得快一点，结果费墨接着说："那天我其实掏出一张十块的，一张一百的，一百被十块挡着，然后冲师傅使了个眼色，还别说，那师傅可聪明啦，我冲他微微一笑，他就心领神会，带着我们多绕了好几圈……"

虽然第二天起来，冯琳怎么逼问，费墨都不承认说过这段话，但是因为已经结婚，在冯琳看来，倒是可以作为两口子的一段趣事。现在回想起来，费墨的城府，那可不是一般的深啊。

就在冯琳不知道该怎么回答章倩的问题时，手机响了，是费墨打来的，才下午一点多，这时候费墨打电话过来干吗？

章倩也看了一眼冯琳，然后冯琳把食指放在嘴边，做了个噤声的动作，然后用手指滑动了一下，接起了电话："喂，老公啊。"

"老婆，今天我新来的男同事说晚上有欧冠的比赛，想请我们几个同事一起去他家别墅里喝酒看球，他们都去，我不去的话不太好。"费墨在电话那头好像很为难的样子。

"哦，那你就去吧，你们喝酒的话，打车回来？"冯琳在电话里尽显善解人意、温柔体贴的妻子形象。她知道，这个时候，如果想朝着好的方向发展的话，女人要做的，是把男人往里拉，而不是向外推。

"老婆，欧冠比赛是半夜的，我们直接住他虹桥那边的别墅里。"费墨解释道。

冯琳知道，此事疑点极大，但是费墨打电话给自己的时候，

PAGE 142

其实不是商量，而是通知了，所以即便冯琳不同意，该发生的还是会发生，与其这样，还不如做个顺水人情，便道："哦，那你去吧，记得别喝太多啊。"

"嗯，好的。"费墨答应着，冯琳仿佛能看到，电话那头他嘴角扬起的得意的微笑。

挂上电话，冯琳和章倩面面相觑，"我觉得这事情开始朝一个不能挽回的趋势发展了。"这是冯琳的第一反应，结婚这么多年，费墨如此大胆地彻夜不归，记忆里还是第一次，当然，也不排除以前没怀疑他的时候，他找各种借口隐蔽得好。

"你就这么同意了？"章倩反问道。

"不同意还能怎么办，呵呵。"冯琳比任何人都了解费墨。

"那可不行，如果他今晚真的跟小三去幽会了，咱可不能让他有好日子过，我先查查看，到底有没有球赛。"说着，章倩打开电脑百度起来。

冯琳笑了一下，本想劝阻她的，不过看她那么积极地查，就由着她了，因为她知道，费墨做事情向来滴水不漏，球赛肯定是有的。

果然，五分钟后，章倩叫起来："你还别说，今天真的有欧洲冠军杯的比赛，难怪男人们都这么起劲。"

如果明知道自己的老公晚上是去跟另一个女人缠绵，但自己却无可奈何,那种万念俱灰的心情,也只有当事人自己才能体会得到吧。

冯琳回到母亲家,接女儿回家,妈妈顺口说了一句:"今天好像小丫头精神不太好。"

冯琳把女儿抱起来,感觉浑身有点烫,一摸额头,看来是发烧了,拿来体温计,三十七度九,好在温度不算太高,忙把女儿接回家,敷上冰宝贴,一切弄完,已经是晚上九点多了,此时的冯琳再也顾不得什么沉着不沉着,她脑中出现的是费墨不顾女儿的身体不适,此时竟跟另外一个女人在床上缠绵。

电话响了好几声费墨才接起来,他那边的环境相当嘈杂,很多男人的声音,费墨接起电话道:"老婆,怎么了?"

冯琳这会儿倒是蒙了一下,原以为打过去费墨一定遮遮掩掩的,但没想到,那边真的是看球的感觉,于是,顿了一下,说道:"女儿发烧了。"

"啊?"看得出来,费墨有些紧张,"我到屋外跟你说,这里太吵。"

说着,他跟那边说了句:"兄弟们,我去屋外接个电话。"然后是开门和关门的声音,果然,声音小了很多,"没事吧,几度啊?"

"三十七度九,给她喝了很多水,贴了冰宝贴。"冯琳气消了一大半，甚至有点内疚，感觉自己是不是误会丈夫了。

"那要不我回来吧，就是现在这会儿不知道打不打得到车。"费墨说道。

其实，冯琳知道费墨回来也不方便，而且即便回来，也就是一起守着女儿罢了，于是便道，"算了，没事，明天一早应该就退烧了吧，你看球吧，记得别喝太多酒。"

"嗯，那辛苦你了。"

挂上电话，冯琳看了一眼已经熟睡的女儿，然后把目光转向窗外，她突然觉得自己深陷一个罗生门，一方面是费墨手机里的隐私号码，另一方面，却是费墨毫无破绽的行为，她都开始怀疑是不是自己更年期提早到了，变得如此多疑。

一个人发呆了很久，感觉夜里的风吹在身上有些凉，快到十二点的时候，想再给费墨打个电话，却发现那边已关机，可能是没电了吧，冯琳想。

第二天上午打给费墨，手机依然是关机，打到公司，说是今天请假。

这下冯琳又有些怀疑了，最近这段日子冯琳都觉得自己快精神分裂了，不断地在找寻证据支撑费墨出轨的线索，然后又不断否定自己。

冯琳并没有联系章倩，因为她知道，很多事情不得不一个人面对，作为旁观者来说，虽然好姐妹百分之百地挺自己，但是，很多决定还必须得自己来做。

冯琳一个人开车去了陆家嘴费墨公司的写字楼，在那里蹲点，她非常想知道，费墨会什么时候回到公司。

下午快两点的时候，看见费墨匆匆忙忙地从大门口走了进来，头发有些凌乱，衬衫上的领带也有些歪。其他却并无异常，晚上费墨回家的时候，大声叫着好累，通宵看球。

冯琳问道："那你们今天就没请个假什么的？公司全部高管都一副没睡醒的样子，被员工看到不太好吧。"

"哪有请假这么好的命啊，全部准时上班，睡不醒也没办法，不停地喝咖啡呗。"说着打了一个大大的哈欠。

冯琳心中一惊，显然，费墨的这个谎言是想掩饰什么，如果昨晚真的是去看球，那他没必要隐瞒今天请假的事，所以只有一种可能，他昨晚根本就是去了别的地方，只是有一点很奇怪，昨晚打电话给他的时候，分明听到很热闹的声音。

费墨见冯琳脸色不太好，而且半晌没有说话，问道："老婆，怎么了？"

冯琳一冲动，话语脱口而出，"那为什么我早上打电话到你公司，他们说你请假了？"

话一出口，冯琳就有些后悔，但已经于事无补，费墨也没想到冯琳竟然还有这么一招，阵脚有些乱了，"你的意思是，我骗你喽？"

其实，从心理上来说，说出这种话的人，心里正在发虚，正因为自己骗了人，才会此地无银三百两地大声反问，以此掩盖内心的不安。

冯琳没有说话，只是怔怔地看着费墨，费墨以一种很夸张的姿势掏出手机，然后拨了个号码，道："这是昨晚邀请我们一起看球的新同事小徐，我现在打开免提，你自己听。"

费墨心虚的表现有点过度。此时的他，是希望能彻底打消冯琳的疑虑。电话接通，费墨说道："小徐，昨晚到你家看球，太感谢你招待我们了，都忘记跟你表示感谢了。"

"哎呀，费总，您太客气了，以后欢迎常来玩啊。"

"好的，好的，那不打扰你休息啦，再见。"

费墨挂上电话，右手拿着手机，左手往前探，摆出一副不可一世的表情，不说话，意思是，都已经证明给你看了，看你还不信我？！

冯琳被这一通电话搞得又开始有些动摇，但是转念一想，就算你昨晚是在看球，那今天请假的事还是骗了人啊。

费墨肯定也想到了这茬，还没等冯琳问出口，马上就说道："请假没告诉你，是怕你怪我，昨晚没回家通宵看球，而且女儿还发着烧，本来就已经很内疚了，如果再告诉你今天请了半天假，那你又要数落我了。"说着摆出一副很无辜的表情。

从逻辑上看，似乎费墨的所有话都无懈可击。当然，这次冯琳多留了一个心眼，费墨把手机开免提放在桌子上通话的时候，她悄悄暗自记住了这个小徐的电话号码，她隐约觉得，一切的突破口，都会是这个小徐。

过了几天，周六的时候，冯琳让费墨把女儿送去父母家，自己则趁机拨通了这个小徐的电话："小徐，对吧，你好，我是你们公司费墨的妻子，我叫冯琳，你好你好，费墨他手机忘记在家里了，所以让我给你打个电话，下午有空吗？我们家想邀请你一起喝个下午茶……哎呀，这有什么不好意思的，那就这么说定了……下午一点，衡山路悟空悟茶五号包厢见。"

冯琳挂上电话，给费墨发了条短信："老公，章倩叫我下午去她家一次，说有点急事，我三点前一定到爸妈家来跟你们会合。"

冯琳这么做，一方面支开了费墨，另一方面也可以很好地牵制他。在爸妈家，而且女儿在身边，他不会到处乱跑。

简单地吃了个午饭，冯琳开车去了约好的茶坊，一个古色古香的所在，茶坊里弥漫着一股茶香，刚走进五号包厢，过了没几分钟，进来一个大约三十岁左右的男子，冯琳起身，"你是小徐吧，我是费墨的太太，冯琳，请坐。"

小徐显得有些拘谨,"您好,费总他……"

"哦,他先送女儿去我爸妈家,过一会儿就到。"边说边给小徐倒茶。

"那天晚上真是不好意思啊,他们几个去你家打扰了一晚上。"冯琳说出早就想好的台词。今天此行的目的,就是要套出小徐这边的话,看看是不是跟费墨说的一样。

"哪里哪里,您太客气了,公司几个老总都喜欢看球,我家又正好新装了大的投影,所以邀请大家一起来热闹热闹。"小徐喝了一口茶,表情也自然了许多。

"我们家费墨呀,喝多呼噜声就特别响。"冯琳话说到一半,就没有说下去,而是等小徐接口。

果然小徐为了不使气氛尴尬,马上接口道:"哎呀,实在不好意思,那天费总被我们灌了很多酒,回家一定吵着您休息了吧。"

此话一出口,答案正是冯琳所要的,于是趁热打铁,接着道:"还好啦,他那晚打车回来都很晚了。"

因为冯琳猜测费墨是看球到一半,中途溜走,现在从小徐这里把话一套,果然是这样。

"嗯,那晚费总比赛都没看完,十一点左右就嚷着要回家。我们看他喝得挺多,有点不放心,本想找个没喝酒的同事送送他。但费总很客气，说已经让大家扫兴了，让我们继续看球，他打车回家。"小徐自然是满口称赞，现在称赞费总，比当面称赞效果更好。

听到这里的时候，冯琳突然觉得胸口很痛，就像一个在等待考试成绩的考生，即便知道考试时候发挥得并不好，却也还心存侥幸，期盼着或许老师批错可以让分数高一点，但总会在得知成绩的那一刻，丧气得像一朵夏天的野花，蔫蔫地伫立在那里，仿佛自己已被全世界遗弃。

"嗯，是呀，那天晚上给你们添麻烦了。"冯琳表面上当然不动声色。

"哪里哪里，嫂子您太客气了，以后有机会邀请您一起来做客。"

"好呀，对了，怎么费墨到现在还不来？"冯琳假意焦急地往窗外看着，然后道，"我给他打个电话吧。"

冯琳说着掏出手机："喂，老公啊，你怎么还不来啊，我们都等你很久了……什么？你们人没事吧，哦，好好，那我跟小徐打个招呼，这就过来，行……我知道，我会让小徐不要跟别人说起的。"冯琳挂上电话，表情有些尴尬，道："小徐啊，不好意思，他们刚在路上车跟行人擦碰了，这会儿还在跟警察一起处理事故呢。"

小徐刚在听冯琳打电话的时候，明白了七八分，马上道："没事没事，刚跟嫂子也聊得挺愉快的，以后有的是机会。"

"对了，费总说这事别跟其他人提起，你懂的，他嘛，就是要面子。"冯琳说得顺理成章。再者，小徐也是个明白人，自然懂得不该问的不多问。

"嫂子，您放心，您快过去看看吧。"说着小徐要抢着买单，被冯琳制止，小徐拗不过她，只好作罢。

买完单出来，冯琳就开车去了父母家。一路上，虽然开着收音机，但冯琳却精神恍惚。她实在不敢相信，自己最亲爱的老公真的就出轨了，眼泪模糊了双眼，她突然觉得这个世界什么都不可靠了，这个她深爱的男人曾经在她生病的时候，彻夜守护；曾经牵起她的手，说这辈子不会让她受一丁点的委屈；曾经为了让她和女儿过上富足的生活，拼了命地加班工作……

"嘭。"一声巨响后，冯琳晃动了一下，便失去了意识……

待她醒来的时候，已是三天后，冯琳看着雪白的天花板和墙壁，她根本想不起来发生了什么，想尝试动一下身体，却发现根本没有办法动，想动一下头，脖子上像有什么东西固定着似的，根本难以动弹。

她有点恐慌，以为是梦魇，刚想开口尝试叫喊，却听见旁边已经有人叫了起来："医生，四十三床醒了，医生，护士……"

过了没多久，匆忙的脚步声多而杂乱，冯琳觉得似乎有什么事发生在了自己身上，但却怎么也想不起来。

过来一个医生，后面还跟着一个相对年轻的医生和一个护士，医生翻了下她的眼睑，然后道："比预想的情况要好，至少危险期是过了。"

听医生说完，旁边两个老人和一个男人脸色好了很多，仿佛松了一口气。

护士推了小推车过来，开始给冯琳输液。她想开口说话，但是却说不出来。直到修养了几天后，下巴上的支架被拆除后，才能勉强开口，冯琳的第一句话是："我为什么在医院里？"

"老婆。"这是一个满脸胡楂的男人，脸颊方正，还算英俊，用一种非常关切的眼神看着自己。冯琳被他看得有些发毛，却想不起来这人是谁？她闭上眼睛，开始想究竟这是怎么回事。安静下来的时候，冯琳才发现一个最根本的问题，那就是，她根本想不起来自己叫什么名字，是干什么的，更何况是别人了。

其实很多人会以为失忆的人很痛苦，因为一下子仿佛置身于一个陌生的世界，对这个世界无从判断，不知道自己是谁，那些对自己笑脸相迎的人是谁，但冯琳此刻却一下子放空了自己，就像那些修禅的人入定了一样。

很多时候，放下我执，何尝不是另一种失忆？

很多时候,失忆,又何尝不是另一种放下?

待冯琳重新睁开眼,那个男人依旧是满面笑容地看着自己,"是不是累了?要不要眼睛闭起来再睡一会儿?"

冯琳摇了摇头,她甚至不知道现在应该说什么。

此时的费墨,根本不知道冯琳已经失忆,在他看来,老婆车祸后,是因为身体还没有完全恢复,所以不太喜欢开口说话罢了。

半夜的时候,冯琳感觉口渴,"我能……喝口水吗?"冯琳几乎是用乞求的语气在说话,费墨听到冯琳的喊声,忙从旁边的躺椅上爬起来,然后拿起杯子,放上一根吸管,让冯琳吸。"谢谢。"冯琳喝完,礼貌地说。

"突然变这么客气,还真有点不习惯。"费墨笑着说道。

这是这个男人在医院的第八天,这八天里,除了吃饭上厕所,他几乎每分钟都守在妻子的病床边。很多时候,只有发生了一些事情以后,人才会知道什么东西对他来说更重要。而此时的费墨,正有这种感觉。

"什么?失忆?怎么可能?"这是有一天做完检查后,医生告诉家属结果时,费墨所发出的吼叫。虽然没有到歇斯底里的程度,但已经有些让人害怕了。

对冯琳来说,像张白纸般,坐上费墨的车,出院,女儿来迎接,冯琳面面相觑,然后,微笑,拥抱。

所以很多人讨论人性本善还是本恶，其实并无意义，人在面对一些事情时，都会做出自然而然的反应。比如，不让眼前的小姑娘伤心，所以，抱抱她，然后在她的额头亲吻，她叫自己妈妈，也答应着。

冯琳觉得能拥有这样的家庭，实在美好，住别墅，看老公的样子也像有钱人，至少衣食无忧，还有个可爱的女儿。

可是，失忆患者的防备心理也是自发的。对于一个陌生的环境，突如其来的老公、女儿和家人，都让她有些不适应。

冯琳觉得自己面对一条笔直的大理石路面却认为自己走近了迷宫深处，神经在四周的围逼下草木皆兵地鼓噪着。

费墨除了每天上班外，会花很长时间陪着冯琳，跟她讲以前的趣事，有时候冯琳不相信，他就会拿出相册给她看，"医生说，你这种失忆属于短暂性的，随着脑神经的恢复，慢慢就会正常，也许，突然一夜之间就正常了。"费墨说这话的时候，心里充满着期待，有时候等女儿和冯琳睡了以后，他就会到书房里，打开一罐啤酒，看着窗外发呆，他不知道这算不算天意，自从冯琳出了车祸以后，他选择了跟外面的情人分手，在突然的某个时刻，他知道对于他来说，什么才是最重要的了。

人们都说，善恶只在一念之间，不怕念起，就怕觉迟，任何事物都是这样。能够及早回头，比什么都重要。

费墨会带冯琳去以前经常吃饭的餐厅，去黄浦江边喝下午茶，甚至会带冯琳去她最喜欢的奢侈品牌的专卖店。医生说，熟悉的事物，对唤醒她的记忆有帮助。

冯琳就像重新谈了一次恋爱般，感受着眼前这个男人的细心照料和呵护，她甚至有一种初恋的感觉。

"如果，如果……这辈子我一直这样了，你还要我吗？"有次吃完饭的时候，冯琳忍不住问费墨。

"傻瓜，你是失忆，即便一直不恢复，你也会重新认识我，认识家里的一切，认识这个世界，又不是智障。"说完朝她笑笑，这样的笑容，温柔而充满怜惜。

"那如果，我有一天记忆恢复了，发现很多事情跟现在的感受不一样，我要离开你，你会让我走吗？"冯琳自己也不知道为什么会问出这样的问题，但是她的心底潜意识就是这么想的，所以就顺口说了出来。

费墨仍旧是笑，像看待女儿那样的笑容，然后用手指帮她捋了捋头发，道："如果有一天你要离开，我会很难过。但是，我总觉得，爱一个人不一定要把她留在自己身边，只要她开心快乐就好。"

很多人在经过人生的大起大落后，会感悟很多东西，参透很多事情，就如费墨父亲的老同事相继一个个离开以后，他父亲也变得洒脱了很多，凡事不再纠结，缘知万事空，何须尽执著。之于费墨来说，之前的半年里，一直跟一个红颜知己保持着非常暧昧的关系，他自认为掩饰得很好，但有时候夜深人静，也会觉得深深愧对自己的妻子和女儿，但是很多事情，不是你知道不对就会不去做的，人性或许就是这样，当他开始一步步越陷越深的时候，冯琳的车祸，犹如一声钟响，把他敲醒了，他现在想来还在后怕，如果真的有一天失去了冯琳，他的世界将彻底变成黑白。

找了一个出去散步的傍晚，费墨突然对冯琳说："想不想听听以前我犯过的错误？"

"错误？"冯琳怔怔地看着他。

"嗯。"费墨把冯琳轻拉到路边的长椅上坐下，像讲别人的故事一样……

"大半年前，我认识了一个女孩子，是我们一个合作伙伴公司的人事部经理，还没有结婚，我们是在一次酒会上认识的，本来也没什么，但是有一天，正好在路边碰到她，就一起吃饭。"

费墨讲到一半，被冯琳打断："你说的这个女孩子是谁呢？"

"你接着听下去就知道了。然后慢慢的，我们越走越近，经常会一起喝个咖啡，聊一些事情，彼此都把对方当成了可以说心事的人。我那段时间正好在负责公司的一个大项目，压力也很大，于是有一阵子，我们常在一起聊天，发发牢骚，仿佛就会感觉心里舒服很多。而她因为对我们这个行业比较熟悉，所以也会给我一些建议。"

费墨说到这里的时候，看了一眼冯琳，她正聚精会神地听着，于是接着道："我慢慢觉得，自己跟她在一起的感觉正在发生变化，好像亲近了很多，但我时刻提醒自己，我是一个已婚男人。你知道吗？那段时间我很痛苦。"

"为什么？"

"你还不明白吗？内心的挣扎，那时候我才意识到，其实所有的痛苦都是虚幻的，只有内心的折磨和纠结是真实的，那种痛入骨髓的感觉，胜过一切的皮肉之苦。"费墨说的时候很认真。

冯琳当然无法体会这样的痛苦，因为很多时候，只有亲历过的人，才能从心底里感知这样的刻骨铭心。

"后来呢？"冯琳静静地听着自己老公的回忆，竟然像听别人的故事那样轻松，这也是费墨所希望的，因为他其实也知道，以冯琳目前的状态来说，虽然法律上是自己的妻子，但是事实上，对于自己，依然还停留在陌生人阶段，所以没有爱，也不会有恨。费墨一直对自己的这段婚外情耿耿于怀，虽然冯琳的这次车祸就像上天安排的一样，让费墨猛然惊醒，否则他将真的泥足深陷、无法回头。

"后来？后来我们便找各种理由各种借口，一切可以抽出来的时间在一起，像一对热恋的情侣般，一起牵着手逛街，一起吃饭，一起聊天，一起讨论公司的事情，有时候，我们甚至会为了见一面，驱车十多公里，从浦东到浦西去吃午饭，然后再赶回浦东上班，你说是不是很疯狂？"一切爱情的开端都非常美好，这是谁也不能否定的，很多人说出轨是错，的确，在道德上是大错特错，但是如果仅仅作为一段爱情来看待，何尝不是一种美好，一种希冀呢？

"我们如果一天见不着面，就会彼此疯了一般的想念。上班的时候想，吃饭的时候想，甚至有时候在洗澡的时候，我都会想，她此刻会在干什么，是不是也在想我。"费墨说得很坦白，坦白得丝毫不考虑冯琳现在的感受。

"那个时候我是你的妻子，那你有没有这样想我呢？"冯琳问完这句，觉得有点奇怪，说得好像现在她不是他妻子似的。

费墨被问得哑口无言，不知如何回答……

长时间的沉寂后，冯琳起身，说："洗洗睡吧。"

自从冯琳车祸出院后，他们始终是分床睡的，这也是费墨为什么会感觉他们除了那层苍白的法律关系外，别无其他的原因了。

其实费墨在述说这些时，冯琳的淡然，是对费墨过去所犯的错误最好的惩罚。

若无其事，原来是最狠的报复。

之后的生活里，费墨努力让冯琳融入这个家，融入和自己的爱情里。冯琳倒也渐渐进入状态，但她突然有一天要找费墨谈谈，费墨和她一起进了书房。

"老公，我想出去工作。"冯琳笑着说道。虽然她知道之前自己是个全职太太，但是自从出院后，她总觉得这样的生活并不是她想要的，整天在家无所事事，对她来说，是一种煎熬。

"怎么了？以前不是好好的吗？"费墨越发觉得，失忆后的冯琳，就像变了一个人似的，连脾气性格都发生了非常明显的变化。

"我也不知道，我就是感觉现在这种状态，如果不工作，就会跟社会脱节，而且在家非常无聊，喝下午茶逛街什么的，我又不喜欢。"冯琳不知道的是，在这之前，她最喜欢做的事情就是和章倩一起逛街喝下午茶。

这下可好了，出了车祸以后，章倩也来看望过她几次，但是冯琳就是压根不认识人家呀，一点办法都没有，费墨好在跟冯琳天天在一起，还比较容易培养感情，但冯琳和章倩的友谊可不是一朝一夕能培养起来的。

"那你想做什么工作呢？"对于费墨来说，虽然无奈，但是也拗不过冯琳。现在的很多事情，是他难以掌控的。更何况，总觉得自己之前的出轨事件，愧对冯琳，所以只能由着她来了。

"我也没想好，我想开个公司。"冯琳的这句话，确实让费墨大感意外。以前的冯琳，是标准的小女人，就喜欢买买东西，撒撒娇，喝喝下午茶，跟闺蜜聊聊天，但现在完全是另一个冯琳了，一个干练、勇于冒险的女强人。

"什么公司呢？"费墨起了好奇心。之前从没跟妻子探讨过这个领域的事情，他倒想听听冯琳有什么好创意。

"我想开一家会展公司。"对于一个跟商业基本无交集的人来说，费墨很难想象，冯琳这个主意究竟是怎么来的。

"你是怎么想到要开会展公司？你手头有资源有客户吗？"费墨问得很直接。

"我那天看一个报道，说会展业将迎来一轮新的爆发，然后报道的后半部分，就是介绍会展业的趋势和现状，我看了以后觉得挺有兴趣的。"冯琳只是摇头。

费墨心里清楚，这样去开公司，基本是以倒闭为最终结果的。但是与其让失忆的冯琳一个人傻傻地待在家里，不如让她与这个社会多接触接触。医生也说，此时的病人，心理状态是很脆弱的，要让她多跟外面的人接触，否则很容易出现抑郁症状。

"嗯，也好，反正也可以尝试一下。"费墨点头同意。

冯琳的劲头很足，查名、注册、开户，忙活得不亦乐乎，然后租了一间小办公室，招了几个员工，就算成立了。看她每晚都在本子上写写画画的认真劲儿，费墨有些哭笑不得，合着娶了个工作狂回家，这下家里有了两个工作狂。

让费墨更加没想到的是，冯琳凭着勤奋和认真，很快积累了客户资源，她的真诚和干劲让很多客户感动。很多事情不是看到希望才坚持，而是坚持了才会看到希望。

只是，随着两人都越发的忙碌，交流的机会也越来越少，本来感情基础就不是很稳固的两人，渐渐疏远了。

"我等会儿还有个会，先走了。"这是冯琳早餐吃到一半时说的话，待快要出门的时候，突然又回头道，"对了，费墨，我想搬出去住。"

费墨一片面包咬到一半，嘴巴张得老大："什么？"

对于这样名存实亡的婚姻，费墨心里预料到会有这么一天。只是，没想到的是，这一天竟然会来得那么快。

"晚上回来再细说吧，我得出门了。"冯琳并没有顾及费墨的反应，而是又撂下一句话，头也不回地出门了。

对于费墨来说，这一个白天自然是不好过的。本来以为，自己收了心之后，也一定能让冯琳重新认识自己。他甚至觉得，冯琳出了车祸对于自己来说，是一个改变和重新来过的机会。当然，他并不知道冯琳已经发现他出轨，只觉得自己当时一时糊涂,可是命运仿佛跟他开了一个大大的玩笑,冯琳失忆后,竟然性情大变,一心扑在事业上,两人就像一对住在同一个屋檐下的合租男女般,用一种微妙的默契感,保持着这个房间里的生态平衡。

冯琳换衣服的时候,不再像以前那样不避人了,而是把门关好,锁上,才能安心地更换;每次费墨递东西的时候,她都会礼貌地说谢谢;费墨有时候晚上跟她一起在客厅的长沙发看电视,手会很自然地放到她的背后轻轻地搭着,这是以前费墨的习惯动作,可是,如今的冯琳却非常不习惯,但是有时候心里想,毕竟费墨是自己老公,看以往的照片,两人关系非常好,冯琳也就没有挣脱,但是心里却非常不舒服……

下班的时候,费墨没有直接回家,而是去衡山路上找了家小酒吧,那种安静的,播着悠扬的英文歌,找个靠窗的位置坐下,看着窗外下着雨的天空,行人撑着伞,偶尔有辆出租车飞快地驶过,溅了路人一身水。

费墨要了杯加冰块的龙舌兰,小口地喝着,像个被遗弃的流浪者般,看着别人的幸福,心里感叹,那些幸福都是属于别人的,而我,什么也没有。

晚上七点的时候,酒吧开始有驻场歌手开始唱歌,那种民谣的感觉,吉他的弹奏,一个还算清秀的女孩儿,唱着《那些花儿》，费墨有点陶醉，或许，人在心情不好的时候，特别容易有感触吧，仿佛一切悲伤的歌都是为了自己而写。

如果换做以前的话，这个点还没回家，老婆一定会打电话来，他突然很怀念冯琳在电话里询问的语气，虽然有时候有埋怨、有疑问、有不开心，但是，说明她至少是关心他、在乎他的。而世间很多东西，最大的伤害其实是冷漠，那种犹如对待路人甲的礼貌和冷然。

费墨知道，自己是在逃避，不敢去面对冯琳，费墨有时候觉得，为什么失忆的那个人不是自己。

九点的时候，手机里收到一条短信："我刚到家，你还没回家？"费墨心头一热，到底还是想起了我。

"嗯，我在路上，马上回来。"费墨决定回去跟冯琳好好谈一谈。自从她自己创业开公司以后，就变得比自己还要忙，想找上两三个小时好好聊聊天都很困难。

费墨打车到家的时候，是半小时以后，打开门，预料中的，没有熟悉的声音响起，也没有人来帮忙提包。冯琳出车祸后，他已渐渐习惯了这一切。他明白，很多事情终究无法改变，认识一个女孩子，从陌生到熟悉，再到在一起的过程，是完整自然的。而此时费墨所面临的窘境是，一个本应完整的过程，完全变成了真空，前不着村后不着店，犹如一部好莱坞大片，主线情节也出来，主角也华丽登场了，可是却把剧本台词给忘了。于是，两个主角愣愣地站在镜头前，任由制片方的胶片一格一格地空转着。

进屋的时候，发现冯琳已经靠在沙发上睡着了，穿着职业套装，看来是累得连换睡衣的时间都没了。费墨有些心疼，一个女人，跟了自己这么多年，给自己生下一个可爱的女儿，当可以享受安逸日子的时候，自己却选择了出轨，好不容易自己想悔过了吧，冯琳却又变成了这样。

眼前的这个女人，比从前憔悴了许多，眼圈旁隐隐有些灰黑色，费墨在她边上坐下，用手轻抚她的长发，这个女人，从前那么亲密的人，却成了只是法律上的妻子。

"你回来啦？"正在费墨发呆的时候，冯琳醒了，看着眼眶湿润的费墨，有些于心不忍，只是，没有爱情的婚姻，她实在不知道该何去何从。

费墨凝视着冯琳，把头靠过去，用舌尖抵住冯琳的嘴唇，那种陌生又熟悉的感觉，让费墨有些怀念。只是，几分钟后，冯琳轻轻推开他，用手擦拭了一下嘴边，然后站起来，去旁边的房间换睡衣，沙发上只剩费墨一个人。

待冯琳换了一身宽松的睡衣过来时，两人对刚才在沙发上发生的事都默契地没有提。

"费墨，我们离婚吧。"

当冯琳说这句话的时候，嘴唇有一点发抖，表情却很平静，显然是对着镜子操练过的。费墨没有说话，只是呆坐着，似乎还在回味刚才那一吻。

此时的费墨，觉得自己在过去的一年多里，埋下了一颗种子，待到一年多后，种子生根发芽。他看到的，便是自己种下的结果。其实每个人都曾种下过种子，只是有时候你自己并不知道罢了。而当种子发了芽以后再认识到时，为时已晚。

佛家所说的因果，其实就是那颗种子，你所做的事，都会在土壤里埋下一颗种子。你所不知道的是，这颗种子什么时候会随着它强壮的躯干，那点滴的绿色从土里冒出个头，再还给你。

费墨曾经看过一部电影，里面有个女主角说，那些曾经给我泼过冷水的人，我总有一天会把水烧开了泼还给你们。

而此时的费墨，感觉那烧开的水，似乎已经淋到了自己头上……

长久的沉寂后，是冯琳去桌边拿水杯的脚步声，很多事情就是这么奇怪，如果没有人接茬的话，就无法把整个议程进行下去。比如刚才冯琳说离婚，如果费墨不问为什么，冯琳便不能继续往下说，费墨做生意这么多年，江湖道行还是有的，所以只是看着她，但不说话。

冯琳喝完水过来，走到费墨边上，轻轻拥抱他一下，然后转身回房间，她知道费墨跟自己的心境完全不同，他不能接受，也在情理之中。

这场谈判无疾而终，却给彼此心里留下了一个疙瘩，一个永远解不开的死结。

几天后的早餐时间，冯琳变得有些不依不饶。当然，她也学会了用比较迂回的方式来表达。

"费墨，我想搬出去住一段时间。"费墨经过了前几日的大创伤，对于现在这个要求，已经容易接受多了，在他还没开口的时候，冯琳继续道，"说不定我出去一个人安静地待一段时间，有可能记忆也就恢复了。"

冯琳的这个计策，是为了让费墨能答应她罢了。虽然医生也是这么说的，但天知道什么时候才会恢复。再说，冯琳觉得现在自己的状态挺好。

"嗯，那你收拾一下吧，要不要我帮你找房子？"

"不用，我已经找好了。"

两人各怀心事地吃完在一起的最后一顿早餐。冯琳去看了在奶奶家的女儿，然后提了两个行李箱，离开了别墅。走到大门口的时候，她回头看了一眼，努力想从大脑里翻出点过往，好像电视剧里离家出走的女主角那样，红了眼眶，然后转回头再走，可是，脑子里竟然无半点记忆。说实话，她还是第一次如此认真地看这座高大的别墅。

冯琳的新居在普陀大华附近，一个高层，二室一厅的房子，月租金七千五百元。当初冯琳之所以选择这里，是因为小区的环境好。别人家的小区是一幢幢楼之间有绿化，而这个小区像一个公园，是绿化中点缀那么几幢极少的房子，冯琳住二十二楼。

这段时光，是冯琳日后回想起来，最恬静自然、最美好的日子。一个人看着楼下的绿色植物，仿佛与这个世界隔绝一般。周末的时候，她可以一整天都不出门，叫外卖，然后窝在棉布沙发上，听一整天的歌，或是看看卫星电视。

冯琳的公司业务不好不坏地继续着。她时常安慰自己，能跨出这一步，已经是莫大的勇气了，至于走得怎么样，就看天意了。

有时候去酒吧喝酒，也会有人来搭讪，但冯琳却一概拒绝。她深知自己已经过了那个年纪，不应该再去做那些小女孩才会做的事。而生活中向她示好的男孩子，她也没有接受。对她来说，法律意义上她还是个已婚女性。更何况，她还有个女儿，虽然这一切没人知道。

百毒不侵的人，曾经都无药可救过。

冯琳已经记不起跟费墨是怎么认识，怎么走到一起的。但她相信，当初选择这个男人，一定有自己的原因。而现在，一场车祸后，不选择这个男人，冯琳却没有原因，只是不喜欢了。

有次冯琳跟一群朋友出去唱歌，有个朋友带了个小帅哥来，叫李左然。大家一起玩得很高兴，就互相留了微信。只是事后谁也没联络过谁，最多看到朋友圈里无病呻吟的照片，点个赞，或者仅是莞尔一笑。

不过有一天晚上，李左然突然发了条微信给她："琳姐，你在干吗呢？"

这种纯粹搭讪性的话语，让冯琳有些无措，就回道："在家看电视呢。"她故意没在后面加"你呢"两个字，就是希望这样的聊天能像过去自己的爱情那样，戛然而止。对于一个比自己小六七岁的男孩子来说，冯琳觉得就像妈妈照顾孩子一样。

只是，这个孩子并不介意冯琳的冷淡，马上又问道："看什么电视呀？"

这次冯琳有些恼火，而且并不想让这种毫无营养的对话充斥自己一整个晚上，于是没有回复。过了半个多小时，李左然发了一个问号过来，冯琳仍然没有回。

当然，她低估了李左然的毅力。第二天中午，冯琳接到一个陌生号码打来的电话："琳姐，在忙啊？"

"你是哪位？"冯琳程式化地询问。

"我是李左然啊，昨晚我们还联系过的。"冯琳这才意识到，当时只是大伙都一起加了微信，根本没有留电话，所以自己通讯录里并没有存，而李左然之所以能打电话给自己，是因为她的微信号就是手机号码。

"哦，你好，找我有事？"冯琳手头正有一堆事情要忙，所以语气有些敷衍。

"没事没事，就是昨晚聊到一半突然没见你回复，所以打个电话给你。"冯琳心想，谁跟你聊到一半了，不就是你问了个问题，我不想回复你嘛。

"哦，不好意思啊，昨晚后来睡着了。这样，小李，你看我正忙着，要是没什么事的话，咱们改天再聊？"冯琳的意思再明白不过了。

可是李左然却像个牛皮糖似的，粘住了，怎么甩也甩不掉："那要不晚上一起吃晚饭？"

李左然的目的再明显不过了，但是人家不明示，冯琳也不能跟他说"咱俩不适合之类的话"。为了尽早甩掉这个牛皮糖，冯琳答应了。不就是吃顿饭吗，如果吃饭的时候，小子跟自己表白，也好当场拒绝，断了他的念想。

十分钟后，她收到李左然的微信："我知道进贤路上有一家泰国菜相当不错，晚上六点，我来接你。"

冯琳无奈苦笑，回复："好。"

冯琳开了一下午的会，已经把这个约会给忘记了。下班的电梯里，还在考虑明天一个台湾来的大客户怎么搞定，却见写字楼门口停着一辆车，车窗打开，里面正是李左然，冯琳这才想起来，约了这个讨债鬼一起吃晚饭，内心竟有那么一点歉意。

"小李，等我很久啦？"冯琳打开副驾驶的门，坐了进去。

"我也刚到。"李左然的笑容让人有如沐春风的感觉。这或许就是年轻人的朝气吧，冯琳心想。

李左然一路把车开到进贤路，这是上海一条颇有情调的小马路，单行道，路的一边停满了车，让本就狭窄的路看着更难开了。路边开着很多精致的小店和餐厅，很多外国客人来这里用餐。

李左然把车靠边停好，然后去拿等位牌，过了五六分钟就回来了："琳姐，不好意思啊，这家不能订位，所以要等一会儿，我们前面还有几桌。"

冯琳微笑道："没事，不急。"

"琳姐，你平时工作忙吗？"李左然问道。

"还行吧，自己的公司嘛，总得尽力一些，还要照顾老公和女儿。"冯琳故意这么回答，是为了让李左然知难而退。

"哦，琳姐原来已经结婚啦，还真看不出来啊。"李左然倒是不以为意。

"是呀，结婚好多年了，不行了，老啦。"冯琳有些怅然若失的感觉，仿佛时间一夜之间就不知道溜去了哪里。

好不容易轮到他们了，李左然刚点完菜，就见店门口一阵骚动，然后服务员大叫，交警来了，停车的赶紧挪地方。

透过玻璃窗，李左然看见一个骑着摩托的交警下了车，然后开始对一辆停在路边的车拍照，贴单，而李左然的车，就停在旁边。于是，李左然连忙掏出钥匙，打开方向灯，但是车不动。这是跟交警斗智斗勇的经验，一般交警见车里有人，就不会贴条，等他离开以后，再重新下车即可。

但是，这个交警却有些认真，走到李左然窗边，说道："这里不能停车，请立即驶离，否则我要开单的。"

李左然点了点头，还是没有动，交警便一直站在边上，李左然无奈之下，只好踩了一脚油门，慢慢离开。冯琳这下可傻了眼，刚想打电话给李左然，却见他手机还放在桌上呢，只好默默地等着他。

过了约莫二十多分钟，李左然进来了，"我刚开着车兜了个圈子，好在警察已经走了。"说完得意地笑着。

菜已经上齐，两人有说有笑，可惜，才吃了十多分钟，服务员再次大叫，警察又回来啦。

李左然的心情已经到了谷底，像只斗败的公鸡一般，灰溜溜地拿了车钥匙,再次走出门,不过这次他把手机带上了,以备不时之需。

冯琳边吃边等他,十分钟后,他打来电话:"警察走了吗?"

"我帮你看看哦。"冯琳握着手机,走出门去张望,交警正一路开着罚单,于是忙道,"还在呢。"

"今儿太背了。"李左然有些不高兴,我车都拐进来了,看来又要重新兜一圈,因为进贤路是单行道,所以李左然拐进来以后,就没办法往后退,只能继续往前开。

话音刚落,就看见李左然的车,以一种极不情愿的、缓慢的速度从自己眼前驶过,冯琳突然觉得这孩子其实挺可爱的。

过了一会儿,李左然电话又进来了:"你吃饱了吗?"

"嗯。"冯琳有些不好意思,自己吃饱了,可李左然还没吃呢。

"好。"李左然说完挂了电话,让冯琳一头雾水。

没过几分钟,却见李左然风风火火地跑了进来,一边走一边喊:"服务员,帮我们买单。"

"你都没吃呢。"冯琳有些不好意思了。

"没事,哦,服务员,这几个帮我打包下。"李左然一边指挥服务员,一边转头对冯琳说,"我没关系,今天太不好意思了,哎,运气不好,我打包回去吃吧。"

这下冯琳更过意不去了,道:"咱换个停车方便的地方,我请你吧,否则太不好意思了,你都没怎么吃,光在外面挪车了。"

"不用不用,能跟琳姐聊一会儿就已经挺高兴的了。"李左然买完单,边说边提着东西快步走出门,然后示意冯琳赶紧上车,因为交警就在不远处站着呢。

冯琳上了车,还在念叨着要请李左然吃饭,李左然笑着道:"琳姐,真没事儿,我一会儿回家开瓶红酒,一个人慢慢吃,你要想请我,下次,怎么样?"

听他这么说,冯琳也只好作罢,李左然接着道:"琳姐,我送你回家吧,你住哪儿呀?"

冯琳报了地址,然后李左然轻踩油门,向冯琳家开去。

到了冯琳家楼下,李左然跟冯琳道别,就在转身的一刹那,冯琳不知道发了什么神经,竟然鬼使神差地道:"红酒我家也有,要不上去吃吧,你应该已经挺饿了吧。"说完自己也有些后悔,可能是因为今晚觉得实在是过意不去吧。

李左然倒是实诚,见冯琳邀请自己,也不客气,说"好啊",便停好车,屁颠屁颠地跟着冯琳上了楼。

"琳姐,你们家挺漂亮啊。"李左然拎着装有外卖盒的塑料袋，边换拖鞋边说。

"还凑合吧，随便坐，我去拿红酒和酒刀。"冯琳觉得自己是相当有定力的，更何况，对于自己没兴趣的小朋友来说，邀请他上来吃点东西喝点酒，应该没什么大问题。更何况，他今天挪车的确很辛苦，自己是吃饱了，人家掏钱请客的还饿着肚子呢。

冯琳拿来勃艮第产区的红酒，还有海马酒刀。开酒这样的体力活，自然是交给李左然了。在李左然开酒的同时，冯琳去厨房拿来了两个红酒杯。

李左然熟练地开酒，然后往两个杯子里各倒了小半杯红酒，跟冯琳碰完杯，便自己一个人埋头吃了起来。毕竟是饿惨了，也顾不得自己的形象了。

冯琳看着这个小自己七八岁的弟弟吃得这么旁若无人，突然觉得李左然好可爱，就像一个小朋友一样。

冯琳喝了一口红酒，由于没有醒酒，单宁的后劲还是挺重的，让她的舌头有一点涩涩的感觉。而李左然却浑然不觉，大口喝酒，大口吃菜。

"琳姐，你要不要再吃点儿？"李左然不经意间回头，看见冯琳正看着自己，于是用含糊的口音问道。

"不用，我已经吃饱了，你吃吧，我就是觉得你吃东西的样子特别可爱。"冯琳忍不住把真实的想法告诉了李左然。

虽然李左然比冯琳小很多，但是自己喜欢的女孩子说自己可爱，对于一个自认为成熟的成年男子来说，这有点儿伤自尊，因为每一个男人都希望在自己喜欢的女孩子面前的形象是稳重而成熟的，不应该是可爱的。

"我哪里可爱了。"李左然听着有些尴尬，开始反抗。

"你看，你现在说话的样子也很可爱。"冯琳来劲了，索性一路说到底。

李左然看着眼前的女人，知性、温婉，自从上次遇到以后，他一直念念不忘，当听到冯琳说自己已经结婚，有老公有女儿以后，他心情确实低落了很多，不过回过头想想，这么优秀的女孩子，怎么可能会轮到自己呢。

"对了，你老公和女儿呢？"李左然在如此温馨的气氛里问了一个让人难过的问题。

"哦，我跟我老公目前分开来住。"冯琳倒也说得坦然，她只是不愿这样美好的氛围被打破罢了。

"哦，对不起。"

"没事，我是不会怪小朋友的。"冯琳继续笑着调侃李左然。

其实很多时候母性的散发是无时无刻的，面对这样一个比自己小六七岁的男孩子，体贴、细心，让冯琳特别有亲近感。

"我才不是小朋友呢，你再说我可走了啊。"李左然还是小孩子性子，说着站了起来，假意要走。

冯琳忙笑着开玩笑道："哟，求之不得啊，来来，先帮我把桌子收好再走啊。"

李左然知道她是开玩笑，不过他已经吃好了，于是开始动手收拾桌子，冯琳则走到音响前放一些舒缓的音乐。

李左然收拾好把垃圾扔进厨房的垃圾桶，出来的时候，发现冯琳已经拿着两个酒杯和那瓶酒，坐在了阳台大大的落地玻璃前的地垫上。冲他一招手，李左然快步走了过去。

窗外闪烁着各种颜色的灯光，天上的星星不多，但对于两个平时繁忙到都没空抬头看天空的人来说，已经很知足了，每人拿一个红酒杯，杯里浅浅的红酒，轻微的碰杯声，仿佛害怕打破此刻的宁静美好。

"左然，你有女朋友了吗？"因为开始慢慢熟悉，冯琳叫李左然的称谓也发生了变化。

"没呢。"李左然心里想，不就是希望你能做我女朋友嘛。

"那琳姐帮你介绍一个吧。"冯琳的台词老套而无聊。

李左然摇了下头，没有说话，他到底还是害羞，不敢表白。其实，表白或被表白并不可怕，可怕的是结局并不是谈一次恋爱而是少一个朋友。

看过很多文学作品里关于孤男寡女共处一室，干柴烈火般，可李左然却觉得身处这样的环境，听着慢慢的舒缓的英文歌，坐在喜欢的女孩子旁边，闻着她淡淡的发香，一起喝着勃艮第的红酒，空气仿佛停滞在了那里，还能有比这更美好的吗？

李左然离开的时候，已经近零点，因为他喝了酒，冯琳让他把车留在她家小区，打车回去，然后第二天再来取。

到家以后，李左然给冯琳发了条微信："琳姐，我到家了，感谢今晚的招待，晚安。"

冯琳刚洗完澡，一边用毛巾擦拭着微湿的头发，一边对着手机屏幕微笑。很多时候，那种淡淡的欢喜，淡淡的小情感，比轰轰烈烈的爱情要美好得多。那种最后一层窗户纸不捅破的珍惜感，那种心里时常会有的小牵挂，那种要牵手但到一半缩回的纯真，那种会对着手机屏幕微笑的情感，让冯琳仿佛回到了大学时候的初恋。

"嗯，好的，晚安，明天见。"冯琳摆弄着手机，发出了一条文字。

第二天冯琳被一阵敲门声吵醒，一看桌上的时钟，才七点多，起来穿好衣服，边打哈欠边去开门，透过猫眼一看，是李左然。

"你怎么这么早啊？"冯琳还是不停地打哈欠。

"我买了早饭来。"李左然自顾自换了拖鞋，然后去厨房找来了碟子，将早饭从盒子里放进碟子。

冯琳心头一暖，看着李左然忙碌的身影，消瘦而干练，等一切都弄好，两人一起坐在餐桌上吃着早餐，以前吃早餐的时候，冯琳跟费墨都没有太多话说，冯琳给自己找了个借口，是因为自己车祸后，感觉跟费墨不熟悉，但此时，只见过两次面的李左然，却让冯琳倍感亲切，一边吃一边话题特别多，李左然还能把冯琳时不时地逗笑。

吃完早餐，李左然负责去洗盘子，冯琳则进房间换上班要穿的衣服，然后李左然开车送冯琳上班，自己再去上班。

快到傍晚的时候，冯琳开完最后一个会，准备下班，突然眼前出现的是昨晚跟李左然在一起的场景，还有那热气腾腾的早餐，自己笑了一下，然后摇摇头，似乎在心里挣扎了很久，给李左然发了条微信："昨天说要请你吃晚饭的，今晚有空吗？"

已经到下班时间，冯琳估计李左然早就下班回家或者早有安排，过了五分钟依然没有回复，于是冯琳下楼，准备回家，却在写字楼门口看到了那辆熟悉的车，车窗放下来，李左然正歪着头微笑地坐在里面。

"你怎么在这里？"冯琳很好奇，从李左然公司开过来最起码二十分钟时间。而自己发出这条微信，也就五六分钟。

李左然依旧是微笑，没有说话，露出洁白的牙齿，让冯琳想起益达广告里那个帅气的彭于晏，可惜，自己不是桂纶镁。

冯琳上了车，李左然这才开口："今晚你请客，咱哪儿吃去啊。"说完得意地笑着。

"吃日料去吧。"冯琳随口说着。

其实很多时候，吃什么东西并不重要，重要的是跟什么人一起吃。

"嗯。"李左然一边开车一边应着。

路上，不管冯琳怎么问他，他都没有告诉她为什么会出现在楼下。

晚饭后，李左然送冯琳回家，车停下来的时候，冯琳分明看见李左然眼睛里的不舍，"上去坐坐吧。"

李左然憋了很久的脸，终于露出一丝微笑，然后跟着上楼。

冯琳换上居家服，跟李左然一起喝着茶，她盘腿坐在沙发上，李左然沉默了一会儿，终于开口："琳姐，我是来跟你道别的。"

冯琳有些惊讶，不明白李左然所说的告别是什么。今天吃饭的时候，就感觉他有心事，冯琳一直以为只是想表白而不敢的羞涩，所以也没往心里去。她甚至荒唐地想，如果他今晚有勇气表白，自己就答应下来。

"什么道别？你要去哪里？"冯琳像无头苍蝇一般，乱飞乱撞，就像她的思绪一样，乱得没了形。

"我要回台湾了。"李左然回答，然后转头看着冯琳。

"回？回台湾？"刚才冯琳还觉得李左然跟彭于晏有些像，这会儿他说要回台湾，合着还真是一个地方的呀？

"嗯，台湾总公司派我到上海来进修的半年时间到了，现在要我回去了。"李左然低着头，像个犯了错误小学生。

"以后还来吗？"冯琳依然没办法相信，因为李左然普通话说得很好，没有丝毫的台湾口音。

"不知道，可能……可能，不来了吧。"李左然回答道。

冯琳装作若无其事，然后走到窗边，背着身说："哦，那挺好。"然后，眼泪流了下来。

为了不让李左然发现，她依旧背对着他，道："那什么时候走？"

"明晚的飞机，你不是一直问我，为什么会出现在你公司楼下嘛，其实，你发那条微信给我的时候，我早已经到你楼下了，我怕你万一提早下班，所以很早就来了，等你下班。"

此时的冯琳，眼泪已经止不住了，这样的年龄，却被如此小的举动感动，原来，很多事情，不一定要惊天动地，只是，你恰巧走进了她的心里。

那天晚上，他们聊了很久，敞开心扉，发现彼此都很像，都像另一个自己。

第二天冯琳到机场送行，跟李左然上海分公司的一些同事一起，冯琳忍住没有哭，一个伤感的离别场合，如果一个人先哭，那么，所有的情绪都会被她带动。

好在，也就隔了一条海峡，也是一奶同胞，这么想，感觉距离就没那么远了。

冯琳觉得不久后，自己应该也会出现在台北街头的某个角落，因为，台湾的大客户在来过上海后，邀请冯琳去台湾做更进一步的沟通。

这一晚，冯琳辗转反侧，她觉得自己陷入了一个无法自拔的深渊，从来没去过台湾，离上海这么远的距离，不知道，想念还能不能到达那里。

后面的一整周，冯琳去看了女儿，并跟费墨长谈了一次，告诉她自己喜欢上了一个台湾的小男生，希望能够挣脱对彼此的束缚。费墨点头，默不做声。其实，很多东西讲求缘分，缘是天定，分却也不一定是人为。

人们之所以千百年来都把情感看得那么神秘莫测，是因为人感性的心理状态和理性交织在一起，并无逻辑可言，也不能推测，只有当事人才能明白，任何旁人想要感同身受，都显得无力，无论是欣喜悲伤，抑或是纠结彷徨，没有人能在感情里淡定得像个过客。

费墨同意等冯琳从台湾回来以后，两人离婚，孩子归费墨，冯琳也不想要任何财产，她甚至在心里觉得有一点对不起费墨，虽然，这样的对不起，有点无从谈起。

因为从一开始，冯琳跟费墨就像两个陌生人，却被命运捆绑在一起。

"你在干吗呢？"这是李左然发来的微信。

自从分开以后，李左然倒是没有那么孩子气了，像个男人般关心着冯琳的一切，两人经常微信聊天聊到很晚。

此刻的冯琳，正在检查各种证件和行李，因为，她是明天一大早的飞机飞台北，就在两人分开一个多月后，冯琳将去台北的客户那边，顺便说不定能见见李左然。

"正在写一份策划书呢。"冯琳没打算告诉李左然，女人总觉得因为她们自己喜欢惊喜，所以男人也一定会喜欢。

当冯琳落地台北桃园机场的时候，客户公司的工作人员早已在机场大厅举着冯琳的名字等候，冯琳走过去，微笑。

"冯小姐是吗？我们张总让我来接你。"对方很有礼貌地接过冯琳的行李箱。

"谢谢，麻烦你们了。"冯琳跟着上了车，工作人员带她去酒店安顿。

到了酒店以后，工作人员对冯琳道："冯小姐先休息一下，明天上午，我们会来接您去公司的。"

冯琳表示感谢后，进了酒店房间。从窗口望出去，街道上行人不多，小雨后的天空，慢慢开始放晴，冯琳突然觉得离李左然近了不少。至少，是在同一个城市里。

傍晚的时候，冯琳去楼下找餐厅。台湾的米线非常好吃，她要了一晚猪肝米线，一种很清新的味觉感受。冯琳打算考察完工作后叫上李左然，一起去体会台湾的美食夜市。在这样一个仿佛只有他们俩的城市里，感受着太平洋的风轻拂脸颊。

吃完晚餐，冯琳在楼下的马路上逛了一下，有些建筑颇具日式风格，主要是因为台湾早前被日军占领过。很多便利店里有洗手间和ATM机，比大陆的感觉要好很多，只是有一点让冯琳很不适应，就是街上垃圾桶极少，但即便如此，马路上也非常干净，让冯琳的感觉特别舒服。

回到酒店的时候，已经近九点，冯琳准备洗澡，淋浴房地下的防滑垫没有找到，所以只能直接踩在瓷砖上，冯琳有些蹑手蹑脚，好在水温比较舒适，洗个热水澡，是最好的放松方式。

冲完出来的时候，冯琳打开淋浴房的玻璃门，一只脚跨了出去，另一只脚由于太滑，没有稳住，一下子身体后仰，倒了下去，头撞到了淋浴房的墙上，昏了过去。

待到冯琳醒来的时候，已经是三个小时以后了，好在台湾的气温比较适中，即便冯琳光着身子躺在地上三个多小时，也不太会受凉。冯琳醒来的时候，没有其他感觉，就是觉得头很疼，摸了一下，后脑勺起了个大包。

她慢慢地起来，心想着明天要不要找个医院去看一下，万一脑震荡什么的，可就糟糕了。好在起身以后，并没有感到眩晕，除了后脑勺疼痛，别无其他。她坐到床边，翻看手机，想感受一下身体其他部位是否有不适。

漫不经心地翻看收件箱，看到以前跟章倩的短信，竟然一幕幕犹如电影片段般，开始闪现。她突然记起了费墨的出轨，记起了跟章倩一起跟踪费墨，记起了跟小徐在茶坊的单独谈话，记起了费墨那晚的彻夜不归，记起了当时自己的伤心欲绝，记起了车祸时瞬间的疼痛，记起了那些的过往……

冯琳抱着自己的脑袋，失声痛哭。她突然觉得，自己是世界上最可怜的人，老公出轨，自己像私家侦探一样搞跟踪，套老公同事的话。

很多痛苦的根源，都来于自己的内心。所以，对于冯琳来说，失忆阴差阳错倒成了最好的解脱方式。很多时候，人之所以会痛苦，是因为有些事情放不下，所以执念便是心里的障。只是这样的障应该怎么清除，面对它，接受它，处理它，放下它，看似简单的几个字，能真正做到的，确是凤毛麟角。

在异乡的午夜，冯琳回忆着过去的点点滴滴，泪流满面，却在打开窗的一瞬间，学会站在不同的角度看待这样一件事情。费墨虽然不对，却在自己车祸后，对自己无微不至地关怀，但自己却无法全身心地爱上他。所谓因果，便是如此。

很多时候，不是你一直不懈地坚持，就会换来一个人的爱，爱情是勉强不来的。即便你日日相守，也终究敌不过他遇到她时的奋不顾身。

冯琳静静地站在窗台边，感受着风抚过发梢的感觉，拨通了费墨的电话。

"喂，是我。"冯琳轻声道。

"在台湾还习惯吗？"费墨的声音依然温柔，透着关切。

冯琳微笑，点了点头，才意识到费墨电话里看不见自己点头，于是道："嗯，挺好的，刚才在浴室里摔了一跤……"

"啊？没事吧？摔到哪儿了没有？"还没等冯琳说完，费墨就着急地问道。

"没事，就是摔到脑袋了，现在，什么都想起来了。"

费墨自然是不知道冯琳之前已经怀疑甚至跟踪自己，以为这下好了，不用分开了。不曾想，冯琳把自己之前所做的一切都告诉了费墨。说完这通话，冯琳感觉心里犹如久未通的下水道，突然疏通了一般，神清气爽。冯琳感觉自己彻底放下了，似乎这通电话，还清了之前所有的债。

电话那头的费墨依然沉默，当他知道自己以为天衣无缝的一切原来早就被妻子察觉时，已无话可说。

倒是冯琳安慰起他来："其实，我们之所以还是会分开，不是因为你曾经出轨过。我相信，在这世上每个人都会犯错，只要能回头，我觉得一切都还来得及。只是，我们的感情似乎的确到了尽头，因为我们不再爱了。"

有句电影台词是这么说的："男女之爱也包含在大爱之中，众生之爱皆是爱。有过痛苦，才知道众生的痛苦；有过执著，才能放下执著；有过牵挂，才能了无牵挂。"

第二天，冯琳去了台湾客户的公司，沟通得比较顺利，相约过几天再谈一次，估计就能把合同事宜敲定。冯琳顿觉不虚此行，不仅促成了一单大生意，还解了自己的一个心病。

晚上的时候，冯琳私下闲逛，看到路口一间星巴克，便走了进去。人们看到熟悉的品牌就会选择，不是因为有多好喝，而是因为那种熟悉的感觉，让人安心。人生路途中，有时候，不就是图一个安心？

冯琳走入其中的时候，感觉氛围有点怪异。因为咖啡馆里站着两个女人，其中一个的身前坐着一个男人，仿佛正在说话，却被另一个进来的女子打断了。三人不说话，只是静静地，仿佛电影定格了。冯琳像看一部电影片段一般看着眼前的一切，这爱情世界里的众生相。

  世间的痛苦，都来自痴和迷。每个人都在看别人的笑话，却不知自己正被别人笑话。因为太在乎，所以放不下，因为太多情，所以会痴迷。而一切，缘于心。

  风吹烛焰动，师傅问小和尚："是什么在动？"

  小和尚答："风动、烛焰动。"

  师傅说："其实，是你的心在动。"

END

《南阳慧忠国师语录》：

"未审心之与性，为别不别？"

师曰："迷则别，悟则不别。……

"譬如寒月，水结为冰；及至暖时，冰释为水。

"众生迷时，结性成心；众生悟时，释心成性。"

方小山万万没有想到，安安和肖婷会同时出现，而且是同时出现在台北街头的咖啡馆。肖婷看着眼前的两人，眼眶已微微湿润。她不知道原来安安可以这么痴情地追到这里来，只为见方小山，相比自己，她受的苦和委屈，仿佛更让人痛彻心扉。

方小山看看安安，再转头看一眼肖婷，爱一个人本没有错，可是，如果爱她，却怎么能让她伤心呢，更何况，是同时爱两个女人。

他默默地起身，走到安安身前："安安，跟你在一起的这段时间很开心，真的，我现在还会怀念大学时候你笑着叫我名字时候露出的小虎牙，可爱到让人怜惜，我也经常会回忆，跟你在一起看星星的日子。我这辈子注定会对不起一个人。很多事情，或许你上辈子欠了我，所以你要来还；或许是为了让我下辈子来还你，所以这辈子，我会欠你一些东西。"

方小山说到此处的时候，已是泪流满面。他知道，这样的决定早晚要下，他要做的，不是从两个女孩子里选一个，而是要学会放下，放下痴缠，仿佛从平地走上山丘，用一种更超脱的角度来看待自己的情感。

"小山哥哥。"安安欲言又止，侧眼看了看站在不远处的肖婷。肖婷始终保持着刚才的姿势，仿佛一尊石像，看着眼前发生的一切。

方小山走上前一步，抱住安安，轻轻地拍了拍她的背，在她耳边道："如果大学时候，我就开口表白，我不知道我们现在会是怎么样。"

他眼前浮现的，是大学校园的那两排法国梧桐，绿栅栏里的操场，和两个女孩子的眼泪。

方小山退后一步，松开安安，安安低着头，只说了一句话："小山哥哥，能让我再抱你一下吗？就一下。"

方小山点点头，然后伸开双臂。

方小山和安安都闭着眼睛感受着对方的体温，这或许是他们最后一次拥抱。

安安看着方小山的背影慢慢走向肖婷，突然觉得自己让方小山出现在自己的生命里，能够跟他一起看星星，有他给自己吹小笼包，这何尝不是一种幸福，而回忆的好处在于，任何人都无法将它夺走，每个人的心里都会有这样一个盒子，把最珍贵的东西放在里面。

方小山走到肖婷面前："我不是个好男人，我到台湾来，本来是想见见你，跟你解释。只是，很多事情没办法解释，也不需要解释，发生了就是发生了。我不隐瞒我对安安的感情，一如我对你的感情。我不知道为什么当一个人同时喜欢上两个人的时候，别人都会骂他。可我却真真实实地体会到了两个女孩子对我的爱。今天所发生的一切，你都看见了，看来也没必要多解释了。我没打算求你原谅我，如果有机会，我想说不定我们能重新开始。"

方小山的话，让肖婷着实吃了一惊，原以为他跟安安说清楚以后，朝自己走过来，必定是向自己认错，然后请求自己对他的原谅，结果却跟自己想得不一样。

他抱了一下肖婷，还没等肖婷反应过来，就一个人走出了星巴克，留下泪流满面的安安和呆立的肖婷。

赵静看着眼前的一切，似乎明白了事情大概的来龙去脉。她突然想起远在海峡那一边的何东，不知道没有了她的家，是不是变得冷清，不知道没有了她的照顾，他是不是习惯，没有了每天早上她帮他搭配衣服，他该穿什么去上班……

赵静喝完杯中最后的那点冷咖啡，呆呆地看着远处，然后掏出手机："喂，老公，是我……"

冯琳点了杯热巧克力，因为害怕咖啡会让自己失眠，找了个角落的位子坐下。其实，她实在无暇关心别人的事情，自己已经是焦头烂额的状态，哪还有心思去看别人的八卦。

冯琳觉得这世间的男女之爱，之所以如此扑朔迷离，是因为每个人看待事物的角度都不同，每个人都站在自己的角度去看待世间的一切。一如费墨觉得出轨是为了寻找他情感生活的桃花源，而他却还想在家里做一个好丈夫，一个好爸爸；她在失忆后，喜欢上了小自己好几岁的李左然，却对法律意义上的夫妻关系如此的不屑，她想追寻自己的爱情，却又不得不先要挣脱世俗的枷锁。

许多人都在这世间虚伪地活着，犹如一个个戴着面具的小丑，笑得言不由衷，哭得虚情假意，许多人都仿佛在追寻着自己的追寻，却又在这迷宫里，渐渐迷失了自我，不是爱情脆弱，而是人性里，始终有着那么多那么多的无奈和虚妄。

你爱她？可你却爱上另一个她？

你爱这个家？可你却爱上外面的她？

你说你是为了追寻真爱，那么，当初的那个爱，到底还是不是真爱？

日本民间流传着一个故事，在深山里，有种很特别的蛤蟆，奇丑无比，人们抓到它后，放在镜子前面，蛤蟆看到自己的丑陋，会吓出一身油，而这油，能够治疗伤痕。

不悟即佛是众生。

一念悟时，众生是佛。